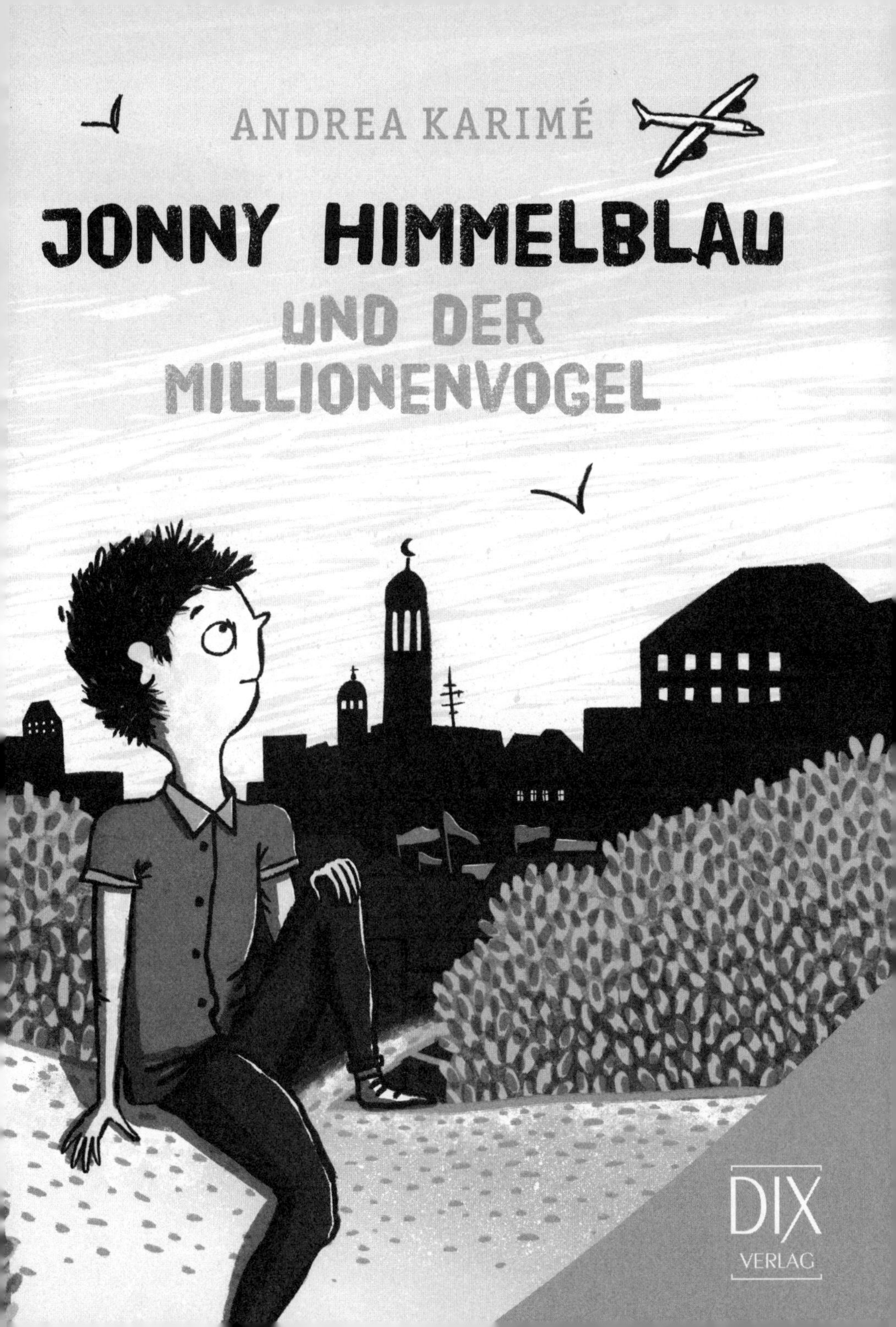
ANDREA KARIMÉ
JONNY HIMMELBLAU
UND DER
MILLIONENVOGEL
DIX
VERLAG

Für Emilia Werner

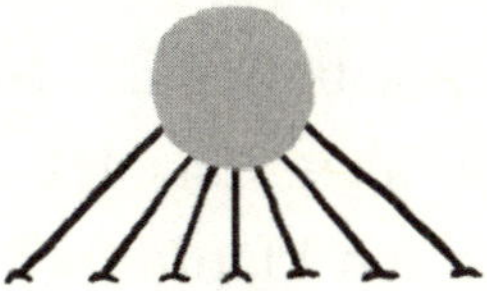

Onkel Samis Nachricht hat mitten in der Nacht meine Beine in Bewegung gesetzt, und ich lief auf die Straße. Ich versuchte mich zu beeilen, was in der Dunkelheit nicht einfach war. Außerdem war mir schwindelig.

Aber ich musste verhindern, dass meine Freundin Aische nach Deutschland flog.

Die Stimme meines Onkel hallte in mir nach: „Jonny, warte, es ist längst zu spät!“

Das durfte nicht wahr sein!

Ich nahm meine Arme zu Hilfe, um das Gleichgewicht zu behalten. In letzter Zeit verlor ich es wieder öfter. Mein taubes Ohr war daran schuld. Ich bog in den Geheimgang ein, hinter den Häusern, und wankte über den leeren Parkplatz. Die Fotos drückten in meiner Jeans. Eines vom gestohlenen Vogel. Eines von der Diebin.

Ich wusste nicht genau, wie spät es war. Es war ziemlich still überall, nicht üblich in meiner Stadt Kairo, die normalerweise ohne Pause wie ein überdimensionaler Motor brummte.

Ich kroch unter dem Zaun durch in den Garten der Apothekerin, der mich dunkelschwarz anschaute und ein

Sägegeräusch von sich gab. Grillen. Jeder Fußtritt knackte leise unter meinen Füßen. Das Haus war schwarz, alle Fenster verschlossen. Ich klopfte bei Aische im Parterre. Das Haus sagte keinen Ton.

Noch einmal.

Ich holte mein Handy raus. Bei Aische nur die Mailbox.

Ich rief die Apothekerin an. Ich hörte das Telefon im ersten Stock klingeln.

Dann erst nahm ich die Uhrzeit wirklich wahr.

Aische war bereits auf dem Weg nach Deutschland.

Ich bin übrigens Jonny Himmelblau, den die Schule und mein Zuhause Junis nennt, und jetzt erzähle ich erst einmal den ganzen Tag von vorn, an dem ich beinahe Glücks-Jonny geworden wäre.

Air BYE

Kairo während der Revolution
Spuren

Kapitel 1, Donnerstagnachmittag, als ein Skarabäus meinen Hals eroberte und ich beinahe Glücks-Jonny geworden wäre

Den ganzen Tag über hatte der Himmel ausgesehen, als hätte ihn irgendwer stundenlang mit Fensterwischlappen geputzt. Plastikblau, seit Tagen schon ohne ein Wölkchen. Und das im Winter. Nur ein einzelner Flieger zog einen weißen Streifen wie einen Spuckefaden über das Blau. Wie eine Spur zu einem Vogel.

Fast wie ein gutes Omen!

Als ich am späten Nachmittag aus meiner Schule trat, winkte mir eine lange, dünne Gestalt in Kapuzenjacke und Jeans und schwarzer Sonnenbrille vor einem blitzblanken, schwarzen Wagen. Ich kniff die Augen zusammen und hörte das leise Rasseln von Armreifen zwischen dem lauten Motorengebrüll der Schulbusse.

„Aische?“, rief ich ungläubig.

Hinter mir gehässiges Gelächter, wie üblich.

„Sieh an, der Zitronenjunge hat einen Diener. Na, bist du aufgestiegen?“, hörte ich einen von ihnen rufen. Ich wusste, was der meinte. Zu den Reichen dieser Schule gehörte ich nämlich nicht. Früher hatte ich Zitronen verkauft, statt in die Schule zu gehen. Wenn Aisches Vater mir diese Schule nicht bezahlt hätte, hätte ich sie gar nicht besuchen können.

Und nun dieser fette Wagen. Eine echte Limousine mit echtem Chauffeur in echter Uniform. Ich war froh, dass ich mein neues Hemd trug; es war lila mit goldenen Knöpfen. Meine Haare waren frisch gegelt, und ich trug den Rucksack, den mir Aische letztes Jahr geschenkt hatte. Der wackelte hin und her.

Keiner aus meiner Klasse, nicht mal ein Lehrer, hat bemerkt, dass ich wieder einmal ein herzklopfendes Bündel im Rucksack habe, dachte ich triumphierend. Den ganzen Vormittag hatte mein kleiner Hund Aubergine ungestört zwischen Heften und Büchern und Stiften gepennt.

Ich lief, ohne das Gegröle zu beachten, über die Straße.

„Warum holst du mich ab?“, fragte ich.

„Später!“, nuschelte Aische und stieg in die Limousine. Ich hinterher. Eine zweite schwarze Sonnenbrille saß da. Mein Freund Malik.

„*Häppibörsdäy,* Jonny!“, kreischte er und wurde von Aische unterstützt.

Ich hatte sie noch nie singen hören und musste lachen. Es klang wie ein Brummen von Maliks dickem, schwarzen Hund Kapitän. Dieser sprang gerade auf Maliks Schoß und über Aisches Knie zu mir und suchte schnüffelnd meinen Rucksack ab, der inzwischen nicht nur zappelte, sondern auch noch fiepte.

„Vielen Dank für den Auftritt!“, sagte ich lachend. „Woher wusstet ihr von meinem Geburtstag?“

Normalerweise war mein Geburtstag kein wichtiger Tag. Ich hatte wohl von anderen gehört, die aus dem Geburtstag ganze Partys machten, doch ich kannte das nicht.

„Malik-Mister hat ihn sich in den Malik-Gehirncomputer eingespeichert, *beisewäi*!", krähte Malik.

Ich grinste, aber ich war echt gerührt.

„Und Malik-Mister und die Klobige Prinzessin haben noch mehr Überraschungen, *wellkamm*, Zitronendoktor, *hörriap*!"

Meine Minihündin arbeitete sich gerade aus dem Rucksack raus und krabbelte Kapitän entgegen.

„Ach, du hattest ihn mit?", nuschelte Aische. „Haben ihn überall gesucht!"

Im Auto war es kühl und dunkel. Die Jalousien waren heruntergezogen, und die Klimaanlage surrte wie die Lunge vom alten Abdou, der mindestens hundert Zigaretten am Tag rauchte. Malik trug ebenfalls ein Hemd, allerdings in schwarz. Er streckte seine Hände suchend nach mir aus.

„Zitronenkapitän, höhö, schick, dein Hemd. Welche Farbe, welche Farbe?"

„Lila!", erklärte ich, doch ich fragte mich wie immer, was ihm das eigentlich nützte, denn Malik war ja schon immer blind. Noch nie hatte er auch nur irgendeine Farbe gesehen.

„Aaaaah, *beisewäi*! Hier ein Geschenk von Malik-Mister-Sänger in blau-blau-blau, *yesplies*!“

Er wühlte in seiner Plastiktüte und zog eine weitere Sonnenbrille heraus. Malik war zwar kein armer Junge mehr, seitdem er neuerdings auf einer Bühne sang, aber er trug immer noch nur Plastiktüten mit sich.

Diese Brille ist sogar himmelblau, wie mein Name, dachte ich. Ich hatte mir schon immer so eine Brille gewünscht und auch dafür gespart. Aber nun konnte ich das Geld für etwas Anderes verwenden.

„Passt, Jonny Himmelblau!", nuschelte Aische, die normalerweise nie viel redete und mich schon immer so nannte. Weil ich angeblich das Blaue vom Himmel herunterredete. Was natürlich völlig übertrieben war.

Der Wagen setzte auf die Hauptstraße und quetschte sich zwischen zwei Schulbusse. Mit einem von ihnen fuhr ich seit letztem Sommer auch. Jeden Tag. Hin und zurück.

Aische nahm ihre Sonnenbrille ab, und ich konnte in ihre Augen sehen. Dunkel wie Datteln, braun, und zum ersten Mal fiel mir auf, dass einige lila Splitter darin funkelten. Aus der Jackentasche holte sie ein Päckchen und legte es mir in den Schoß.

Es war ein Skarabäus. Ein ägyptischer Käfer aus Porzellan mit einem Lederband.

Ich schaute die Halskette an. Der Skarabäus war blau gefärbt, und einige geheimnisvolle Zeichen waren eingraviert. Aische nahm mir den Käfer ab und band ihn mir um den Hals. Mir war etwas mulmig. Vielleicht lag es daran, dass die Stelle an meinem Hals kühl wurde, auf der nun der Skarabäus lag wie ein eingeparktes Miniauto. Außerdem hatte ich in meinem ganzen Leben noch nie eine Halskette besessen.

„Der bringt dir Glück!", sagte Aische in meine Gedanken hinein.

Glück? Davon hatte ich eigentlich genug. Nur eine Sache ...

„Sehr cool!“, sagte Aische, und Malik krähte: „Obercooler Tierdoktor!“, und seine Finger krabbelten auf dem Skarabäus hin und her.

„Falls ihr überhaupt ohne mich weitersuchen wollt!“, muffelte Aische und holte Gläser aus einem in das Auto eingebauten Schrank und füllte sie mit Orangensaft.

„Klar, Gott hat's gesehen, wir werden nicht eine Minute untätig herumsitzen, wenn du bei deiner Tante bist. Gleich morgen geht's los, oder Malik? Du bleibst doch die ganze Woche bei mir? Wir haben ja schon ganz andere Aktionen ohne Aische überstanden!“

Ich dachte: Wir *müssen* den Vogel *bald* finden! Allein schon, damit Aische wieder lachen konnte. Fast neun Monate hatten wir das wertvolle Tier in ganz Kairo gesucht. Bisher erfolglos.

„*Yesplies, facksedalts*! Wir suchen, suchen, suchen und überlisten die fiese Diebin! Malik-Mister hat auch einen Skarabäus zuhause, *beisewäi*!“, krähte Malik mit stechender Stimme.

Aische zischte leise: „Danke!“ Dann hob sie ihr Glas und rief ungewohnt laut: „Auf Jonny Himmelblau!“

„Auf den Zitronenkapitän, *häppibörsdäy, häppibörsdäy, häppibörsdäy*!“, sang Malik. „Aber heute feiern wir geburtstaglichen Geburtstag! Und morgen, morgen ohne

Sorgen, suchen wir den Millionenvogel der Klobigen Prinze...hehehe...ssin."

Ich musste wieder grinsen. Malik sang im Gegensatz zu Aische sehr gut. Außerdem konnte er die große *Umm Kulsum*, die beliebteste Sängerin Ägyptens, perfekt nachmachen, sodass alle ihn verehrten. Na ja, fast alle.

„Stellt jemand bitte das Malik-Radio leiser!", meckerte Aische auch jetzt wieder.

Also die freundlichste war sie echt nicht. Ok, wenn man bedachte, was sie Schlimmes erlebt hatte.

Aber das, was Aische tat, war freundlich. Mich hatte sie einmal vor den Prügeln von Ahmad und seinen Kumpanen gerettet.

„*Noplies, newaewa*! Die Klobige Prinzessin muss immer befehlen!", schrie Malik. „Aber Malik-Mister muss nicht machen, was die Klobige Prinzessin will. Malik-Mister ist sein eigener Mister, *yesplies*!"

Die beiden stritten sich immer. Aische war schnell genervt von dem Gesinge oder dem Englischgequatsche. Und Malik fand Aische eingebildet. Jedenfalls sagte er das. Aber im Grunde waren sie Freunde, und nur Malik durfte Aische mit dem Schimpfnamen „Klobige Prinzessin" rufen, den sich ihre böse Stiefmutter ausgedacht hatte, die mit Aisches wertvollem Vogel, einem blauschwarzen Schama, abgehauen war, um ihn für viel Geld zu verkaufen. Aber ich war mir sicher, dass wir sie fanden, die Diebin!

Wir fuhren durch die überfüllten Straßen von Kairo in unser Viertel. Der Orangensaft verteilte sich süß in meinem Mund, während die beiden sich anzickten. Ich dachte daran, dass Aische schon am nächsten Tag in Deutschland war.

„Wieso kommt deine Tante eigentlich nicht nach Ägypten?", fragte ich.

Aische schaute mich wütend an, so, als hätte ich sie beleidigt.

„Was ist?", fragte ich, hatte aber das Gefühl, dass es ab jetzt keine Antworten mehr gab.

Aische fiel ins Muffeln, wie in ein Schwimmbecken, in das sie untertauchte und in dem sie für unbestimmte Zeit unter Wasser blieb.

„Mann, Aische! Wir suchen ja weiter. Sogar ohne dich!"

Ich hatte das bestimmte, ungute Gefühl, das sich einschlich, wenn Aische so abtauchte. Als hätte ich ein kleines Tier in meinem Brustkorb, das meine gute Laune anknabberte.

Deshalb sagte ich nichts mehr. Malik sang.

Neuerdings dachte er sich Lieder aus und sang sie mit *Umm Kulsum*-Stimme. „... Klobige Prinzessin reiß mein Herz bitte nicht aus, sieh deinen Malik-Mister und mach dir nichts draus! ..."

Nervenzersägender Quatsch. Nicht einmal der bewegte Aische dazu, etwas zu sagen.

Mittlerweile waren wir an der Straße angekommen, die in mein Viertel führte. Ich war skeptisch, was nun für Überraschungen folgten. Dann war erstmal die Auffahrt verstopft. Ein Esel stand dort und weigerte sich weiterzugehen. Daneben stand ein Mann in einem langen, blauen Hemd und Sandalen. Er hob einen Stock.

„Was macht der da!“, krächzte ich entrüstet.

„Jonny-Papagei, *beisewäi*!“, quiekte Malik. Er spielte auf meine Stimme an. Seit einiger Zeit kam sie mal als Wimmern, mal als tiefes Donnergrollen daher. Das war, seit ich in diesem bescheuerten Stimmbruch war. Garantiert, Gott hat's gesehen: Ich war der einzige Junge in ganz Ägypten, der schon mit zwölf erwachsen wurde.

Ich ignorierte Malik und öffnete die Tür. Dann stieg ich aus und lief schaukelnd zu dem Besitzer, der mittlerweile einmal zugeschlagen hatte. Der Esel jammerte, bewegte sich aber nicht von der Stelle.

„Was machen Sie mit dem armen Tier? Wissen Sie überhaupt, was der Esel schon alles erlebt hat? Er will sich nur kurz ausruhen, ich schwöre, und dann geht er weiter. Wie lang dient Ihnen das brave Tier schon? Gott hat's gesehen, das müssen doch mindestens zehn Jahre sein, hab ich Recht?“

Ich redete und redete. Das, was da von meiner Zunge sprudelte, war mein Wörterwasserfall. Ich grinste noch etwas Sonnenschein dazu. Normalerweise schaffte ich es mit diesen beiden Tricks, die Leute zu allem zu bewegen. Na ja, beinahe zu allem.

Hinter mir war Aische aufgetaucht und sprach so eisig, als hätte ihre Stimme stundenlang im Gefrierfach gelegen.

„Hören Sie, das ist Tierquälerei. Ihr Esel hat eine Verletzung!“

Da, wo der Stock gelandet war, bemerkte ich Striemen.

Auf der Stirn des Besitzers erschien eine fette Ader, wie eine kleine Schlange, und er brüllte uns so laut an, als wollte er mich, Aische und die ganzen Autos hinter uns wegblasen.

„Was geht euch Bengel eigentlich mein verrückter Esel an, he? Dieses Tier ist vom Teufel besessen. Mal arbeitet er ohne Unterbrechung zwanzig Stunden, und an einem Tag wie heute muss ich ihn zu jeder Bewegung prügeln! Wer bezahlt mir das hier? He? Nun sagt schon, ihr Schlaumeier.“

Er kreiselte den Kopf, und die kleine Schlangenader auf der Stirn zuckte. Dann wollte er wieder zuschlagen. Hatte der einen Fehler an der Festplatte? Mein Herzpfirsich fühlte sich schwer eingedrückt an, und ich wich zurück. Ich hasste laute Stimmen. Aische hielt den Stock fest. Misstrauisch schaute der Mann sie an. Aische hatte immer noch die Sonnenbrille auf.

„Lassen Sie das besser!“, sagte sie und zeigte auf die Limousine.

Wenn Aische wütend war, konnte ihre Polarstimme einen selbst im Hochsommer zum Frösteln bringen. Der Chauffeur war ausgestiegen und hatte seine Uniform gezeigt. Aische klapperte wieder mit ihren goldenen Armreifen, als wollte sie einen Kampf ankündigen.

In diesem Moment checkte der Mann vielleicht, dass Aische ein Mädchen war. Vielleicht hielt er sie aber auch für ein Gespenst, denn er wich entsetzt zurück und zog an dem Stock. Aber Aische hielt weiter fest. Sie hat ihn in der Hand, dachte ich voller Bewunderung.

Aische sah wirklich manchmal ein bisschen aus wie ein Junge. Ihre Haare trug sie nun zwar schulterlang, aber sie hatte immer noch die Angewohnheit, diese manchmal unter ihrer Kappe zu verstecken. Wer genau hinsah, konnte kleine, silberne Schwerter am Ohr erkennen. Schmuck, den sie sich zum 13. Geburtstag gewünscht hatte.

Ich klopfte dem Esel freundlich auf den Rücken und flüsterte ihm ins Ohr: „Los, du fleißiges Tier, jetzt geh schon weiter. Du machst ihn nur noch wütender!“

Dann gab ich ihm eine der Datteln, die ich immer für meinen eigenen Esel in der Hosentasche hatte. Kauend setzte sich das Grautier in Bewegung. Erst langsam, dann aber schneller. Der Mann, der mit seinem Stock an Aische gebunden war, fixierte sie immer noch und bekam nicht mit, dass der Esel loszog. Bald schon war dieser nicht mehr zu sehen.

Derweil wurde das Hupkonzert wieder lauter. Aische ließ los und setzte sich in die Limousine. Der Mann starrte völlig verdutzt auf den Stock.

„Hat der Mensch noch Töne?", murmelte er.

„Klar, sehr viele!", riefen Aische und ich wie aus einem Mund und sahen uns grinsend an.

Der Mann drehte sich nun um.

„Mein Esel!", schrie er entsetzt.

Ich zeigte in die Richtung, in die sich der Esel aufgemacht hatte.

„Haaalt!", rief der Mann, hielt seinen Turban fest und eilte hinterher. „Was fällt dir ein, allein loszulaufen?"

Ich musste so lachen, dass die Hunde aufgeregt zu bellen begannen. Malik, der sein Ohr aus dem Wagenfenster gehalten hatte, kicherte.

„Hullibuuu, mein Kapitän, wer von den beiden ist eigentlich der Esel?"

Obwohl es nun schneller voran ging, schien die Fahrt ewig zu dauern. Zu meiner Überraschung fuhren wir nicht nach Hause. Der Wagen hielt vor einem amerikanischen Imbiss in einem Haus mit mindestens zwanzig Stockwerken, in einer Straße, an der rechts und links noch viel höhere Häuser ragten.

Vor dem Imbiss stand ein Mann, den ich gut kannte. Mit Zigarette im Mund, einem riesigen Lächeln wie ein weißes Boot und einer orangefarbenen Sonnenbrille.

Der heutige Tag war wunderbar verrückt!

Der Chauffeur öffnete die Tür der Limousine, und ich sprang raus.

„Onkel Sami! Wie lange haben wir uns nicht mehr gesehen? Hundert Jahre ... ?“

Meine Stimme soff ab, sodass bei „Jahre“ nur noch ein Röcheln zu hören war.

Onkel Sami war der jüngste und coolste Onkel, den ich kannte. Ich sah ihn aber nur sehr selten, denn er lebte in Alexandria. Er war der Bruder meines Vaters, aber viel netter. Genau wie mein Vater zog er immer an meinen Ohren, nur bei Onkel Sami tat das nie weh. Ich schaukelte zu ihm hin.

Onkel Sami hatte seinen Bart abrasiert, sodass Kinn und Wangen nur noch leichte Schatten belegten, wie dünne, dunkle Seidentuchstücke.

„Na, mein Goldjunge!“, nuschelte Onkel Sami. „Was ist mit deiner Stimme passiert?“ Er spuckte die Zigarette auf den Boden und nahm mich in die Arme. „Stimmbruch?“, flüsterte er.

Ich nickte und schluckte. Diese großartige Onkel Sami-Freude hatte ich fast vergessen. Er konnte sie massenweise in mich stopfen, mit seiner Riesenumarmung.

„Sieh an! In einer Limousine wird mein Neffe gebracht! Ist es denn die Möglichkeit!“

Er klang stolz.

„Onkel Sami, ich muss dir meine Freunde vorstellen!", kiekste ich.

Der Onkel ließ mich los, immer noch mit bootbreitem Lächeln.

„Ja, zu einem richtigen Fest gehören gute Freunde, oder?"

„Oh, *werriwerri plemmplemm*, meine Damen und Herren!", tönte es aus dem Auto.

„Das ist Malik!", zwinkerte ich Onkel Sami zu. „Der beste Sänger Ägyptens!"

„Sehr erfreut!", sagte Onkel Sami lachend ins Auto hinein.

Aische zog ihre Kappe tiefer ins Gesicht und hob die Hand.

„Wir kennen uns ja bereits!", sagte Onkel Sami und verbeugte sich leicht.

Aische räusperte sich, und einer ihrer Mundwinkel zuckte hoch. Ihr Halbgrinsen. Ich schaute fragend herum.

„Ja, deine Freundin hat mich angerufen und überredet, dich zu überraschen!"

Wo hatte Aische die Nummer her?

„Huuungeeer, *hörriap*!", krähte es aus dem Auto heraus. Ich half Malik beim Aussteigen.

„Zu Befehl!", sagte Onkel Sami und wies auf den Imbiss. „Mir nach!"

„Na endlich!", stöhnte Aische.

Mein Onkel lud uns ein. Wir aßen riesige Portionen Hamburger und Pommes mit Ketchup und sehr scharfer Soße und saßen auf großen, dunklen Plastikstühlen auf der Terrasse. Dieses teure Essen besorgte ich mir selten. Für Aische hingegen waren die Fritten nichts Besonderes. Trotzdem zog sie Kappe, Kapuze und Sonnenbrille ab, was ein Zeichen höchster Freude war. Neben *Koscheri* war der Hamburger ihr Lieblingsessen. Und meins!

„Zum 13. Geburtstag muss das sein!", sagte Onkel Sami fröhlich, obwohl er selbst nichts aß.

Ich beobachtete kauend, wie er unruhig rauchend auf seinem Smartphone herumtippte. Mir kam der Gedanke, dass er vielleicht doch nicht nur wegen mir in Kairo war.

„Garantiert, Gott hat's gesehen! Wenn ich viel Geld hätte, würde ich dieses Essen jeden Tag essen, ich schwöre, jeden Tag!"

Um meine Rede zu unterstreichen, schmatzte ich extra laut.

„Ich sage, mein Mund brennt wie ein Ofen!"

Malik hob leise ein Gesinge an. Aische seufzte zwischen zwei Bissen. Onkel Sami hob fragend die Augenbrauen, und ich beschloss, ihm ein andermal von ihrem Vogel zu erzählen.

Dann sagte Onkel Sami: „Junis, mein Goldneffe. Morgen ist ein großer Tag, und deshalb werde ich einige Zeit in Kairo bleiben!"

Aische nickte und nuschelte: „Hm."

Mittlerweile war die Sonne am Abdampfen.

Ich hatte Recht gehabt. „Noch ein großer Tag?", fragte ich also neugierig. Ich fand den heutigen schon großartig!

„Wir vertreiben den Präsidenten! Das nennt man Revolution", sagte Onkel Sami.

Mehr war nicht aus ihm rauszuholen, denn er tippte weiter. „Revolution", das klang geheim und gefährlich und aufregend. Ich hatte davon gehört. Und auch, dass der Präsident von Ägypten sehr unbeliebt war. Er hatte viel Geld, aber die meisten Menschen hierzulande nicht, so hatte es mir mein Vater erklärt. Ausnahmsweise, denn er erklärte mir ungern Dinge. „Wir schuften für einen Hungerlohn, und der Präsident macht es sich mit *Schammania* und Hopplahopp-Mädchen in Europa gemütlich!" Er meinte Champagner, das wusste ich genau, denn das ist das teure Getränk, das die Apothekerin und Aisches Vater zur Verlobung getrunken hatten. Es war golden, und kleine Sterne schwammen darin. Jedenfalls sah es so aus.

Ich hatte es für besser gehalten, meinen Vater nicht auf den Fehler aufmerksam zu machen. „Was sind Hopplahopp-Mädchen?", hatte ich stattdessen gefragt. Aber die großzügige Erklärungsphase meines Vaters war schon vorüber gewesen. „Frag nicht nach Dingen, die dich nichts angehen, du Spatzenhirn!" Das war die typische Unlogik meines Vaters. Mich Spatzenhirn zu nennen, obwohl er garantiert nicht wusste, wie er mir die Sache erklären sollte. Aber eines hatte ich verstanden: Der Präsident wurde wegen merkwürdiger Hopplahopp-Mädchen jetzt verjagt. Und die konnten vermutlich nichts dafür.

Nach dem Essen brachten wir Malik mit der Limousine nach *Zamalek*. Das war eine Insel im Nil. Aisches Vater hatte dort eine Villa. Die stand aber leer, weil Aische und ihr Vater ins Haus der Apothekerin in meine Nachbarschaft gezogen waren. Maliks Eltern waren aber noch immer die Türhüter und Hausmeister für die Villa und wohnten im Pförtnerhäuschen. Deshalb setzten wir Malik dort ab und fuhren dann in unser Viertel zurück.

Die Sonne färbte die Straßen rosa, als der Fahrer die Limousine in die Garage der Apothekerin fuhr. Mein Onkel brach zu meinen Eltern auf. Aische und ich zockelten wie üblich in den Garten der Apothekerin und kletterten auf unseren Lieblingsbaum. Die Tamarinde.

Wir sagten nichts, eine Weile lang. Von unten kam Maunzen. Aisches Katzen rückten an, und die erste sprang auf meinen Schoß. Wir hatten sie vor einem halben Jahr verletzt auf der Straße gefunden und verarztet. Seitdem waren sie geblieben.

„Ich habe keine Lust auf Deutschland!“, motzte Aische plötzlich und zog die Kappe tiefer ins Gesicht. Die zweite Katze landete auf Aisches Ast. Ihre Augen leuchteten abendrosa.

„Warum machst du es dann?“, fragte ich.

Aische war nicht die Sorte Mädchen, die man zu irgendetwas zwingen konnte.

„Weil meine Tante die Schwester meiner Mutter ist. Und die hätte es so gewollt!“, sagte sie nun wieder schnippisch. Sie zog die Katze zu sich und kraulte sie. „Ich bleibe aber nur vier Tage. Mehr nicht!“

Ich wollte etwas Lustiges sagen. Irgendwas. Aber meine Zunge war ausnahmsweise mal wie ein Auto mit kaputtem Motor.

Der Garten wurde langsam schwarz.

„Komm, wir gehen noch zum Sperling!“, sagte Aische und sprang runter.

Der Sperling war ein neuer Patient in unserem Tierkrankenhaus. Ihn hatte ich vor zwei Wochen an einer riesigen Pfütze gefunden. Es waren mindestens dreißig Sperlinge gewesen, die dort nach langem Regen gebadet hatten. Als ich mich näherte, flogen alle weg, nur einer nicht, der am Rand der Pfütze ein wenig herumhumpelte. Da sah ich den verformten Flügel, er musste gebrochen sein. Ich fing den Sperling ein und nahm ihn mit in den Garten. Aische schiente den Flügel mit einem Holzstäbchen, und wir pflegten den Vogel in einem Käfig, der in Aisches Wohnung im Parterre stand.

Der Flügel verheilte gut, aber mir fiel auf, dass der Vogel einen feuchten Kopf hatte. Dann sah ich, wie er gegen die Decke des Käfigs stieß und piepte. Er will raus, dachte ich bekümmert.

„Wir müssen ihn so schnell wie möglich fliegen lassen“, sagte ich. „Ein, zwei Tage noch, höchstens!“

„Mmh“, mummte Aische. „Musst aber die Schiene morgen entfernen!“

Wir verabschiedeten uns. Aische zog die Sonnenbrille ab und gab mir den Wohnungsschlüssel.

„Ich schick dir SMS. Schreib aber auch zurück, ok? Und am Montag bin ich wieder da!“

Sie guckte mich an, als würde sie etwas Schlechtes riechen. Langsam hob sie die klirrende Armreifenhand.

„Klar!“, sagte ich mit Kieksen in der Stimme. „Malik und ich suchen morgen weiter. Kein Winkel ist vor uns sicher! Gott hat's gesehen ... Wir finden deinen Vogel!“

Die letzten Worte waren von meiner Zunge in den Tod gestürzt. Man hörte sie kaum noch. Das Armreifklirren noch in den Ohren ging ich nach Hause.

Etwas Froschgrünes schubste meinen Vater ins Haus.

„Wer hat dir denn das Gehirn weggefressen?“

Es war die Stimme meiner Mutter. Onkel Sami saß auf dem Hocker vor unserem Haus und machte ein amüsiertes Gesicht. Ich setzte mich neben ihn auf eine Kiste.

„Willst du deine Arbeit verlieren, oder warum willst du demonstrieren gehen? Sollen wir verhungern?“

Mein Vater polterte zurück. „Frau, du hast mir nichts zu befehlen! Außerdem werde ich im neuen Ägypten zehn Arbeitsstellen haben!"

Mein Vater kam wieder heraus. Sein schwarzer Turban war verrutscht und bedeckte nun die Hälfte seiner Augen.

„Siehst du, wie du mich verrückt machst, Frau? Junis, hilf deinem Vater gefälligst!"

Ich wickelte den Turban wieder richtig um seinen Kopf und schaute ihn verständnislos an. Was wollte er mit zehn Arbeitsstellen? Und was bedeutete „demonstrieren"?

„Komm jetzt rein und lass den Jungen in Ruh!"

Meine Mutter zerrte an meinem Vater. Mein Onkel schüttelte den Kopf und zündete sich eine Zigarette an. Dann grinste er wieder breit. Nun sah sein Mund aus wie eine Hängematte von Ohr zu Ohr. Auf der die ganze weiße Zähnebande saß.

Er musste aber mein verständnisloses Gesicht gesehen haben, denn er sagte: „Junis, mein Held. Mach dir keine Sorgen, ich erkläre dir alles nach dem Essen!"

Dann stand er auf und ging ins Haus, aus dem ein leckerer Duft kam. Es gab ein Willkommensessen, das auch gleichzeitig mein Geburtstagsessen war. Eier, Salat, Hühnchen und Reis. Ich langte zwei Mal ordentlich zu.

„Junis, du wirst auch die Revolution unterstützen!", sagte mein Vater nach einer Weile des Schmatzens.

Revolution, dachte ich, da war es wieder, das Wort.

„Du verkaufst morgen Zitronen an der Straße! Hast du verstanden? Herr Präsident, dein letztes Stündlein hat geschlagen!“

Mein Vater schlug mir so fest auf den Rücken, dass mir Reis aus dem Mund schoss. Direkt in seinen Schoß.

„Jetzt pass doch auf, du Tollpatsch!“

Typische Erwachsenen-Unlogik. Für alles, was er verbockte, gab er mir die Schuld. Ich funkelte ihn böse an, gab meiner Zunge aber Befehl, weiter im Mund zu parken.

„Trottel mit Holzohren, was haust du den Jungen auch, während er isst? Soll er ersticken?“

Meine Mutter holte ein Tuch und schlug meinem Vater damit leicht auf den Kopf. Dann gab sie es ihm zum Abwischen.

„Mein Bruder, beherrsch dich!“, sagte auch Onkel Sami verärgert, stand auf und ging raus. „Junis, komm mit!“

Da kam wieder dieses schöne Gefühl in mich geflogen, die Onkel Sami-Freude. Ich folgte ihm und setzte mich auf eine Kiste, weil ich Onkel Sami den Hocker überlassen wollte. Er hielt mir die Zigaretten hin. Ich schüttelte grinsend den Kopf.

„Verdirb mir den Jungen nicht. Es reicht schon, dass du qualmst wie ein Kanonenrohr!“, schimpfte meine Mutter von drinnen.

Onkel Sami lachte. Die Zähnebande in seinem Mund sah das Abendlicht. Onkel Sami war so unfassbar cool! Er trug eine Jeans und ein blaues Hemd. Die Ärmel hatte er sorgfältig hochgekrempelt und mit einer Schlaufe an einem Knopf befestigt. Außerdem waren auch noch Taschen auf das Hemd genäht. In der einen Hemdtasche steckten seine Zigaretten. In der anderen das Handy, wenn er nicht telefonierte. So ein Hemd werde ich auch bald tragen, beschloss ich.

Er holte etwas aus seiner Tasche. „Ich hab gehört, du bist jetzt so schlau geworden. Machst dir Gedanken und studierst, mein Junge?“, sagte er und legte mir etwas Schweres in den Schoß. Ein Buch. Es war hellbraun wie unser Brot, mit einer aufgedruckten Afrikakarte.

„Danke!“, sagte ich und schlug es auf. Aber die Seiten waren alle leer.

„Du musst aufschreiben, was du erlebst und denkst, bis der Präsident weg ist. Ganz Ägypten geht auf die Straße und demonstriert gegen ihn. Das ist die Revolution, verstehst du? Die Tage sind historisch! Und deshalb bin ja auch ich hier!“

Historisch? Das kannte ich aus der Schule. Also aus dem Geschichtsunterricht. Von den alten Ägyptern lernten wir da was. Was hatte ein Tagebuch damit zu tun?

„Historisch bedeutet auch bedeutsam für die Welt!“, erklärte Onkel Sami.

„Aha! So, dass wir in tausend Jahren die alten Ägypter im Schulbuch sind?“

„Kluger Gedanke, kluger Junger!", sagte Onkel Sami. „Und genau diese Denkerei schreibst du da rein!"

Ein Gedankenbuch, von mir geschrieben? Ich wusste nicht, dass das ging. Bisher kannte ich nur fertige Gedankenbücher. Eines hatte meine Lehrerin mir zum Abschied von der alten Schule geschenkt. Da standen sehr viele Gedanken drin. Manchmal, wenn ich nicht weiter wusste, las ich darin. Mittlerweile kannte ich es aber auswendig.

„Bring ihm so etwas nicht bei!", rief meine Mutter aus dem Haus. „Er lernt schon genug in der Schule!"

Ich fragte mich, was meine Mutter gegen das Historische und die alten Ägypter hatte. „Schwägerin, wir brauchen so Kinder wie Junis!", lachte Onkel Sami, aber dann wollte er schon wieder telefonieren. Wobei er auf unserer Straße auf und ab lief und seine orangefarbene Sonnenbrille wieder aufsetzte.

Ich atmete tief ein.

„Onkel, ich muss dir was erzählen. Ich muss Aisches Vogel finden!"

Und dann erzählte ich ihm die ganze Geschichte von Aisches gemeiner Stiefmutter, und wie sie den Vogel von Aische geklaut hatte. Aisches Mutter, die schon lange tot war, hatte Aische den Vogel vererbt.

Onkel Sami schaute mich nachdenklich an. Plötzlich sagte er: „Ich glaube, ich habe euren Vogel heute gesehen! Bei meinem Freund in der Stadt."

Onkel Samis Freund lebte am Stadtrand und handelte mit Schlangengift. Ich wollte ihn immer schon mal gern besuchen.

Alarmzeichen schossen durch meinen Kopf, und ich rumpelte ins Haus, um die Fotos zu holen. Mein Onkel schaute das Foto von der Stiefziege genau an.

„Sie könnte es sein, aber ich weiß es nicht sicher, denn sie war von oben bis unten schwarz verschleiert. Sie wollte meinem Freund den Vogel für eine Million andrehen."

Dann war sie mit einem Taxi weggefahren. Mein Onkel hatte nur noch „*Mohandissin*" gehört.

Ich klopfte vor Aufregung an meinen Kopf. Zwei Gedanken fielen herunter: Der Vogel lebte. Und: Wahrscheinlich war er sogar in unserem Viertel.

Deshalb machte ich mich mitten in der Nacht zu Aische auf. Der Himmel war mit Sternen übersät. Ich wünschte, dass die Sterne auf mich regneten. Aber sie taten es nicht.

Aische war schon weg.

Danach begann ich zu schreiben. Onkel Sami zuliebe. Von der Limousine angefangen. Bis hin zu Onkel Samis coolem Hemd und dem historischen Buch. Es dauerte zwei Stunden. Irgendwie machte es mir trotz allem Spaß zu schreiben. Als ob mein Stift den Film von meinem Tag gedreht hätte und ich ihn mir nun anschaute. Und wahrscheinlich war alles historisch!

Kapitel 2, Freitag, als mein Hund ein Zitterhund wurde und ein ganzes Land Stubenarrest bekam

Ich schrieb wieder alles auf. Wie es Onkel Sami gesagt hatte. Mit der Schreiberei kam ich voran. Aber als Detektiv war ich nicht erfolgreich.

Denn Historisches und einige Unheimlichkeiten waren passiert. Unheimlichkeit Nummer eins war meine Hündin. Normalerweise leckte und schnüffelte sie immer an mir rum, um mich zu wecken. Aber heute fiepte sie nur, als ob sie krank wäre. Ich sah sie prüfend an, konnte aber nichts Auffälliges finden. Nase feucht, Fell sauber und glänzend, Augen wie immer schwarz und funkelnd. Ich hörte ihren Bauch ab und drückte dann vorsichtig mit dem Zeigefinger dagegen. Schwach wedelte die Minihündin mit dem Schwanz. Doch zuckten ihre Ohren, als ob sie etwas Lautes hören würde. Wieder Fiepen.

Ratlos setzte ich mich zurück und schaute auf das leere Zimmer, in dem wir alle zusammen geschlafen hatten, ich im Bett und die anderen auf dem Boden, auf dem ein verblasster Teppich lag. Sofort fiel mir wieder ein, was Onkel Sami gestern erzählt hatte. Ich überlegte, ob ich Aische eine SMS schicken sollte, denn sicherlich wäre sie sehr wütend, wenn ich es nicht tat. Grübelkummer stellte sich ein.

Da wuffte Aubergine schwach den Tisch an. Ich bemerkte ein Summen von dort. Ein Smartphone lag auf dem Tagebuch auf dem flachen Tisch. Es war schwarz und sah aus wie ein Minifernseher. In einem schwarzen Rahmen war das glänzende Glas des Bildschirms. Die Scheibe hatte einen Kratzer.

Daneben lag ein Umschlag. Onkel Sami hatte mir geschrieben: „Junis, mein Gold-Jonny. Das Smartphone ist dein Lohn für die Schreiberei ☺. Und außerdem: In diesen Tagen braucht man so was. Du kannst damit ins

Internet gehen und dich informieren. Ich hoffe, der kleine Kratzer stört dich nicht? Es ist gebraucht."

Ich riss die Augen so weit auf, dass sie garantiert auf den Tisch gefallen wären, wenn sie nicht richtig festgesessen hätten. Der Kratzer verwandelte sich in einen Sonnenstrahl. Der Umschlag enthielt außerdem fünf Prepaidkarten. Ich fühlte den Skarabäus kalt und freundlich am Halsparkplatz. Ich fasste es nicht. Das alles war für mich? Nach einer Weile des schweigenden Angaffens las ich eine SMS: „Guten Morgen Junis, ausgeschlafen? Wie findest du dein neues Telefon? ☺"

Das war Onkel Sami. Ich schrieb zurück: „Super! Millionendank, bester Onkel der Welt!"

Und dann schickte ich Aische eine Nachricht: „Der Skarabäus hat mir ein Smartphone vorbeigebracht ☺."

Es war elf Uhr. Aubergine fiepte noch immer und bellte wieder das summende Smartphone an.

„Hey, Jonny Himmelblau, Smartphone ist perfekt! Wir sind seit zwei Stunden bei meiner Tante. Hab jetzt einen Tablet-PC. Saukalt ist es hier! Gibt es was Neues vom Vogel?"

Das war Aische. Schreibend konnte sie besser reden als mit dem Mund. Ich schrieb zurück. Vom Tagebuch und von uns alten Ägyptern und schließlich von dem, was Onkel Sami mir erzählt hatte. SMS konnte man das nicht nennen. Eher LMS. Dann schickte ich die Nachricht los.

„Nachricht kann nicht versendet werden!“, erschien auf dem Display.

„Na super!“, sagte ich zu Aubergine. „So schnell ist das Ding kaputt?“

Ich probierte es nochmal und nochmal, doch immer wieder kam derselbe Satz. Enttäuscht schob ich das Gerät unters Bett.

„Diese Teufelsgeräte taugen nichts! Ich habe es ja gleich gesagt!“, schnatterte meine Mutter, die mit frischem Brotduft hereinkam. Sie stellte Tüten auf den Tisch und ging wieder raus.

Durch die geöffnete Haustür kraxelten Sonnenstrahlen über den Boden, gefüllt mit tanzendem Staub. Da hatte ich eine Idee. Ich packte das Smartphone in meine Hosentasche und ging aus der Tür.

„Schön hierbleiben!“, sagte ich zu Aubergine, deren Schwanz müde auf und ab wackelte.

Ich lief in Richtung Hauptstraße, an deren Ecke ein kleiner Mobilfunkladen war. Doch der war geschlossen, einige andere Läden auch. Es war ruhig auf der Straße, kaum ein Auto fuhr vorbei, was mir seltsam vorkam. Bis mir einfiel, dass ja Freitag war. Da machten die Läden, wenn überhaupt, erst am Nachmittag auf. Und normalerweise ging ich mit meinem Vater beten. Aber irgendwie war heute alles anders. Also lief ich zurück und beschloss, es später noch einmal zu probieren.

„Junis, hast du gebetet? Mach es vor der Haustür wie all die anderen. Und vergiss nicht, nachher mit dem Zitronenwagen unterwegs zu sein!“

Da sah ich, dass Ahmad mit seinem Vater draußen auf der Straße betete. Ich holte meinen Teppich und machte es ihm nach.

Aber ich war nicht bei der Sache, Tiere liefen durch mein Gebet, und der gestohlene Vogel von Aische flatterte dort herum.

Nach dem Gebet erst fiel mir auf, dass Malik noch gar nicht da war.

Ich beschloss, den Esel und den Karren schon mal vorzubereiten. Mein Vater arbeitete normalerweise in einem Gemüseladen, und ich konnte mir immer ein wenig Geld verdienen, indem ich dort Zitronen holte, sie auf unseren Eselkarren lud und dann in den Straßen Kairos verkaufte.

Und heute konnte der Zitronenwagen mir besonders nützlich sein. Denn jeder, der bei mir einkaufte, würde heute die Fotos sehen. Ich würde jeden über den Vogel befragen, garantiert, Gott hat’s gesehen!

Aubergine wehrte sich, als ich sie auf den Sitz setzen wollte. Also zog ich meine graue, alte Jacke über, die ich immer unter dem Kutschbock aufbewahrte. Aubergine steckte ich in die rechte Tasche. Leise fiepend schaute ihre schwarze Schnauze heraus. In die linke Tasche stopfte ich das Smartphone.

Dann wartete ich und schaute in unsere Straße. Ab und zu bog ein Taxi ein, doch keines brachte Malik. Das sah ihm nicht ähnlich. Er kam immer, wenn wir uns verabredet hatten.

Ich klopfte gegen meinen Denkschädel, um Gedanken zu aktivieren. Manchmal fielen die dann wie Blätter vom Baum, und ich wusste, was zu tun war. Ich wünschte mir, dass die Weisheit eine Person war, die zu Besuch kam und mir alles erklärte. Genau wie es in meinem Gedankenbuch stand.

Da kam ein Gedanke!

Wieso war ich noch nicht eher darauf gekommen? Ich stieg vom Wagen und holte mein altes Handy. Und da war tatsächlich eine Nachricht auf der Mailbox: „Huhu, Junis Zitronenkumpel, Tierdoktor. Ich düs jetzt los mit Taxi-Tim und meinem Kapitän!“

Das war schon heute Früh gewesen. Ich wollte zurückrufen, aber dieses Telefon funktionierte auch nicht.

„Was ist denn jetzt los?“, fragte ich das Handy und starrte es an. Um mich wurde es trüb. Wieso war dieses Handy nun auch noch kaputt? Jetzt reichte es mir. Handys kaputt, Zitterhund und fehlender Malik. Ich hatte eine Heulkugel im Hals. Heultante Junis, dachte ich. Schniefend warf ich mein altes Handy in die Zitronen. Weiter warten wollte ich auch nicht, deshalb zockelte ich schweren Herzens allein los in Richtung Hauptstraße.

Der Gemüseladen hatte wieder auf. Dort bepackte ich den Wagen mit Zitronen und fuhr wieder ins Viertel zurück.

Die Straßen füllten sich nur sehr langsam. Und ebenso langsam lief der Esel. Als ob er mindestens fünfzig Kilo Herzmasse mehr zu ziehen hatte.

Irgendetwas stimmte nicht mit diesem Tag. Ich spürte das rätselhafte Zittern meiner Hündin, als ich in eine Seitenstraße einbog, die ebenfalls leer und ruhig war.

„Junis, mein Junge, kommst du hoch? Ein Kilo, bitte!", hörte ich es da rufen.

Froh um die Unterbrechung schaute ich an einem Haus hoch und entdeckte die Frau in gelber Bluse, die ich Rosa Zitrone nannte. Sie, ihr Name war Rosa, kam aus Deutschland, sie war immer ganz gelb gekleidet, hatte hellgelbes Haar, eine weiße Gesichtshaut, und sie war so dick, dass sie wirklich aussah wie eine Zitrone auf zwei Beinen. Der Kopf saß auf dem Körper, wie der Nippel auf der Zitrone. Früher hatten mein Vater und ich sie fast täglich beliefert.

„Wird gemacht!", sagte ich erfreut und hielt meinen Eselwagen an.

Rosa Zitrone bedeutete Trinkgeld! Ich sprang runter, strich mein lila Hemd glatt und nahm eine Tüte Zitronen in die Hand. Aubergine brachte ich zum Türhüter, der vor dem Haus auf einem Hocker saß. Er begrüßte mich mit den Worten: „Junis, wie geht es dir?"

„Könnten Sie kurz auf meinen Hund aufpassen?", fragte ich und setzte ihm Aubergine in den Schoß.

Der Türhüter drehte den Kopf zur Seite und kippte ihn leicht ab. Was so viel bedeutete wie „alles klar, geh hoch".

Das Haus hatte einen kühlen, weißen Marmorflur. Ich hielt meine Wange an die glatte erfrischende Wand. Dann zog ich mich an dem silbernen Geländer hoch. Echt vornehm, dachte ich und hatte keine Ahnung, dass mir schon zwei Augenblicke später Unheimlichkeit Nummer zwei begegnete.

Die Tür im ersten Stock war noch verschlossen. Ich klopfte. Nichts rührte sich. Da ging im zweiten Stock eine Tür auf. Eine Frau, die ich noch nie gesehen hatte, hämmerte mit irgendwelchen Schläppchen die Treppe herunter. Sie war sehr klein, zierlich, mit langen Haaren, rot wie Feuer und trug ein hellblaues Kleid mit weißen Punkten. Ihre Augen waren hinter einer eckigen Sonnenbrille versteckt. Sie kreischte mich an: „Was machst du hier, Straßenjunge? Etwa betteln? Verschwinde, sonst hole ich die Polizei!"

Die hatte ja wohl eine Schraube locker! Mein Herz legte Turbo ein. Ich machte einen Schritt rückwärts Richtung Treppe. Die Frau griff nach meinem lila Hemd. Mann! Mit aller Kraft wollte ich mich losreißen, aber die Klaue der Frau hatte zugeschnappt wie eine Handschelle.

„Verschwinde, du Bettler", kreischte sie.

Das war wieder mal Erwachsenen-Unlogik! Mich festzuhalten und gleichzeitig zu wollen, dass ich ging. Ein süßlicher Geruch von Ekelparfüm und etwas noch Abscheulicherem stieg in meine Nase. Und dann schrie ich: „Hilfe!“

Da ging endlich die deutsche Tür auf, Rosa Zitrone zog mich rein und brüllte die Frau an.

„Lass den Jungen in Ruh, du Salatwachtel! Sonst hole *ich* die Polizei! Was fällt dir ein?“

Jetzt erst ließ die Frau los. Ich schlappte Rosa Zitrone hinterher, die die Tür laut zuschlug. Mir war übel von dem Geruch der Frau, der mich an Schimmel erinnerte.

„Ah, weißt du eigentlich mit wem du sprichst, du Hottenhure? Ich bin die Nichte von König Faruk. Das wird hier noch jeder erkennen, wenn der Präsident die Penner erst einmal ...!“

Die Stimme der Schimmeltussi ätzte durch die Tür, wurde aber langsam leiser.

„Kümmere dich nicht um sie, Junis, sie ist ziemlich irre. Vor einiger Zeit ist sie hier neu eingezogen. Sie trägt eine Perücke, hast du das gesehen? Wer trägt denn heutzutage schon eine Perücke! Man kann sich ja wohl die Haare färben.“

Rosa Zitrone fuhr sich über die gefärbten Haare. Ich wusste, dass sie eigentlich graue Haare hatte, wie Zigarettenasche, was man nämlich noch an ihrem Scheitel sah. Noch immer hatte ich Ekelgeruch in der Nase

Langsam kapierte mein Herzpfirsich, dass der Angriff vorbei war. Die Deutsche zeigte auf einen Stuhl und gab mir Wasser.

„Einen Moment, mein Junge, ich muss noch mein Geld suchen“, sagte sie und tippelte in gelben Plüschschläppchen in ein Zimmer, in dem der Fernseher lief. Da erst registrierte ich das fröhliche Gezwitscher.

Unter den goldenen Lampen stand ein großer Käfig mit zwei Wellensittichen. Einer gelb wie Ei und der andere grün wie Salat. Die Unheimlichkeit verschwand.

„Guten Tag, meine Herren“, grinste ich die Vögel an. „Wie geht es Ihnen denn heute?“

„Piepiepiepiep“, antwortete Salat und flatterte kurz an die Käfigdecke. Ei sagte: „Rrroossa.“ Das einzige Wort, das er sprechen konnte!

Ich musste an den Schama denken. Deshalb wollte ich Rosa Zitrone die Fotos zeigen und suchte sie in meiner Hosentasche. Aber ich fand blöderweise nur das von dem Vogel. Das andere von der Stiefmutter musste ich zuhause liegengelassen haben.

„Nein, diesen Vogel habe ich noch nie gesehen. Eine Frau mit Vogel außer mir auch nicht!“

Rosa Zitrone, die ihr rotes Portemonnaie endlich gefunden hatte, lachte.

„Übrigens, meine mögen dich!“

Sie drückte mir zwei Guineen Trinkgeld in die Hand.

„Ich mag euch auch“, sagte ich und verbeugte mich vor dem Käfig.

Rosa Zitrone musste lachen, und sie gab mir einen weiteren kleinen Schein.

„Du bist ein Charmeur, Junis“, sagte sie.

Schammör, das Wort hatte ich noch nie gehört, aber es klang peinlich. Es erinnerte mich an die Hopplahopp-

Mädchen, die schuld daran waren, dass der Präsident verjagt wurde.

Rosa öffnete die Tür und hielt die Nase in den Flur.

„Die Luft ist rein“, sagte sie augenzwinkernd und schob mich hinaus. „Ich hab noch zu tun! Bis bald, mein Junge!“

So schnell ich konnte, lief ich die Treppen runter. Aubergine fiepte mir entgegen. Dankbar lachte ich den Türhüter an, spürte aber, wie sich eine Gänsehaut von meinen Schultern bis zu den Händen bewegte. Diese Schimmeltussi. Das war echt knapp gewesen!

Danach ruckelten Esel, Hund, Zitronen, Handy und ich auf dem Wagen weiter zur Hauptstraße mit den vielen Geschäften und Hotels. Ich wollte die Gelegenheit nutzen, um noch mal in den Mobilfunkladen reinzuspringen. Aber mit Schrecken stellte ich fest, dass der immer noch geschlossen war.

Beunruhigt stellte ich meinen Wagen neben den Brotwagen von Tarik ab. Ich hielt meine Nase in den frischen Brotgeruch. Das tat gut. Ich hatte ja keine Ahnung, dass Unheimlichkeit Nummer drei bereits auf mich wartete.

„Hm, lecker, Tarik, wie geht es dir?“

Tarik hatte nur noch wenige weiße Haare und trug immer nur seine *Galabeya*, an der er auch immer seine Hände abwischte. Mittlerweile fielen ihm auch die Zähne aus. Er schenkte mir sein Lächeln voller Löcher und ein Stück Brot dazu.

„Gut, mein Junge, gut!“, nuschelte er. „Bald wird's uns allen besser gehen! Wenn erst der Präsident weg ist.“

Ich wollte fragen warum, aber da kamen schon die ersten Kunden. Ich füllte Beutel mit Zitronen.

„Ein Kilo die Dame? Dann nehmen wir doch für Sie diese, die sich gestern haufenweise Sonnenstrahlen geklaut haben, sodass die Sonne wütend fünf Minuten früher untergegangen ist!“

Dann lächelte ich zitronenrund. Damit erreichte ich, dass die Leute immer noch mehr kauften. Normalerweise lieferte ich eine kleine Geschichte mit. *Speschelpreiß*, würde Malik sagen. Heute zeigte ich jedem Kunden das Bild mit dem Vogel. Aber niemand hatte ihn gesehen.

Ich wollte gerade alles zusammenpacken, nach Hause gehen und das Foto von der Stiefziege holen, als mein Hund wieder fiepte.

„Junis, mein Junge, dich habe ich aber lang nicht gesehen!“, rief da eine bekannte Stimme.

Ich schaute in ein Grinsen, breit und oval wie ein Hühnerei.

„Frau Lehrerin Alma, ich schwöre, Gott hat's gesehen, dass Sie hier sind!“, sagte ich erfreut und begann im Eiltempo zu reden. Mein Wörterwasserfall sprudelte. „Entschuldigen Sie bitte, dass ich heute nicht in der Schule bin! Sie hat zu, nur deshalb stehe ich hier und arbeite. Mein Vater sagt immer ...“

Sie unterbrach mich.

„Junis, was redest du? Es ist Freitag! Und Halbjahresferien sind auch noch. Außerdem bin ich ja nicht mehr deine Lehrerin. Ich bin so stolz auf dich. Was macht die neue Schule?“

Ich legte die Hand würdig auf meine Brust.

„Ich hab jetzt noch viel mehr Bücher und lerne sehr viel. Geografie und Englisch und Arabische Literatur! Und Historisches“, setzte ich stolz hinzu.

Nur die Kinder sind anders als ich, dachte ich. Manche hatten einen Chauffeur und Golfplätze. Ich hingegen hatte bis vor Kurzem nicht mal gewusst, was Golf überhaupt war. Deshalb hatte ich leider keinen einzigen Freund dort. Aber das alles sagte ich nicht.

„Das freut mich“, sagte Lehrerin Alma, schaute mich aber mit ihrem typischen, pfefferscharfen Blick an, als hätte sie doch meine Gedanken gelesen.

Ich lächelte mit meinem breitesten Lächeln zurück. Wieder fing Aubergine in der Jackentasche an zu zittern und zu fiepen. Und dann hörte ich das Geräusch. Es klang wie ein Schuss. Alarmzeichen aus meinem Kopf rutschten in Richtung Herzpfirsich.

„Was war das?“, fragte ich die Lehrerin.

„Was soll es schon sein, Kaiser Weichlingpest, Kaiser Feigeimer! Gewehre, Pistolen! Kapiert? Schüsse, du Milchtrottel!“, antwortete jemand anderes.

Ahmad, der Sohn des Büglers, mein Erzfeind, war aufgetaucht. Früher hatte er mich immer nur Weichlingpest genannt, aber jetzt setzte er „Kaiser“ hinzu, weil ich seit einer Weile auf diese Privatschule ging.

Ahmad schrie weiter.

„Kommst du mit? Wir fangen Verbrecher und schützen damit unser Viertel. Oder hast du wieder einmal Angst, Kaiser Weichlingpest!“

Und dann begann er schrecklich zu lachen. Es erinnerte mich an das lange, laute Rülpsen meines Vaters nach dem Essen. Während Ahmad seine Lachrülpser rausschoss, schwang er einen Stock. Mir fiel auf, dass alle Jungen Stöcke dabei hatten.

„Oder musst du die Klobige Prinzessin bedienen?“

Wieder rülpsendes Gelächter und Gegröle.

Was hätte Aische geantwortet? „Fang du erst die Ratte, die in deinem Hirn die Zellen auffrisst, sonst verprügelst du aus Versehen noch deine Mutter.“

Bei dem Gedanken musste ich grinsen. Für ein Mädchen konnte Aische echt gut fluchen.

„Kein Interesse! Mach, dass du wegkommst, sonst hol ich die Polizei!“, antwortete ich und übergab der Lehrerin die Zitronen.

„Der war gut! Hahahaha! Polizei! Wach auf, du Bücherregal! Wir leben in neuen Zeiten!“

Was?

„Lass dich nicht provozieren, Junis!“, sagte meine Lehrerin. Sie schien der Schuss überhaupt nicht zu stören. „Die Polizeistationen sind seit heute Morgen leer. Alle demonstrieren!“

„Gott hat’s gesehen, mein Vater und mein Onkel auch, aber dass selbst alle Polizisten dort sind?“

Ahmad zog johlend vorbei, und ich spürte Aubergines Zittern wieder in der Seite.

„Und wer schießt dann?“

Lehrerin Alma seufzte.

„Ich weiß nicht genau, viele Türhüter haben sich ein Gewehr zum Schutz angeschafft. Vielleicht aber doch die Polizei.“

Ich spürte Aubergine jetzt zittern wie eine Bohrmaschine. Als hätte sie das alles seit heute Morgen schon gewusst oder wenigstens geahnt. Als hätte sie seitdem Schüsse gehört.

„Übrigens solltest du dich auf den Weg nach Hause machen, bevor die Sonne untergeht. Der Präsident hat Ausgangssperre verhängt!“

„Ausgangssperre? Das kommt mir bekannt vor. Ich schwöre, Gott hat’s gesehen, mein Vater nennt das Stubenarrest.“

„Ja, so ähnlich. Allerdings nur Abend-Stubenarrest!“, sagte Alma-Lehrerin lächelnd. „Sowie die Sonne untergeht, musst du zuhause sein.“

„Aber wie kann er denn Stubenarrest geben, wenn er verjagt wird?“, fragte ich und streichelte Aubergine in der Jackentasche.

Alma zeigte freundlich Zähne und nahm wieder ihren Zopf, den sie gern wie eine Waffe auf mich richtete. Was sie dann auch tat.

„Noch ist der Präsident nicht weg. Deshalb sei vorsichtig und geh am besten nach Hause!“

Wie sollten wir so den Vogel finden?

Alma verabschiedete sich, und ich drehte mich zum Brotverkäufer um. Aber der war gar nicht mehr da. An der Stelle, wo der Wagen gestanden hatte, war nun gähnende Leere. Aus der Mulmigkeit in mir wurde Unheimlichkeit Nummer vier. Passend dazu zitterte meine Jackentasche weiter.

Ich zog also mit Zitronenwagen und Zitterhund wieder nach Hause. Weg von der Hauptstraße in die Bäckerstraße, und hier wurde Aubergine ruhiger. Nach der Bäckerstraße musste ich rechts in meine Straße einbiegen. In der nächsten links wohnten Aische, ihr Vater und die Apothekerin, ihre neue Stiefmutter.

Ich stellte den Wagen ab, versorgte den Esel hinter unserem Haus und suchte als erstes nach dem Foto. Aber es war nicht da. Hatte ich es doch unterwegs verloren? Und zu allem Überfluss war Malik immer noch nicht gekommen. Ich seufzte laut und berührte den Skarabäus an meinem Hals. Von Jonny-Glück konnte heute nicht die Rede sein.

Durch meine Gedankenwolken flog wie ein Flugzeug die Stimme meiner Mutter. Ich drehte mich um.

„Wo warst du Junis? Weißt du nicht, dass Ausgangssperre ist? Morgen wirst du gar nicht aus dem Haus gehen, wenn du nicht pünktlich sein kannst."

Ich hatte den Mund sprachlos offenstehen lassen. Vielleicht lag es daran, dass meine Mutter normalerweise nur meinen Vater anschrie.

„Junis, ich rede mit dir! Du bleibst zuhause, keine Widerrede! Und jetzt iss mal was!"

Immer noch sprachlos setzte ich mich zum Essen an den Tisch.

„Lass dich nicht vom Revolutionsgerede deines Vaters anstecken! Du bist noch ein Kind! Das bei seiner Mutter bleiben muss! Und in diesen Zeiten wirst du auch nicht mehr nach dem Vogel suchen."

Während meine Mutter Suppe auf den Teller füllte, starrte ich sie an. Was war in sie gefahren? Was hätte Aische gesagt? Wäre sie aufgestanden und einfach abgehauen, in ein anderes Zimmer? Ein anderes Zimmer hatte ich nicht. Aber abhauen konnte ich. Zumindest vor die Tür.

Meine Gedanken wurden vom Sirenengeschrei meiner Mutter gekillt.

„Iss jetzt, habe ich gesagt, iss jetzt!", schrie sie in mein gesundes Ohr.

Auf einmal glühte ich wie heiße Lava.

„Warum muss mir hier eigentlich jeder was befehlen? Ich habe es satt. Mutter, hör damit auf! Bist du jetzt das Militär geworden? Ein Junge hat auch Rechte!"

Ich trat vor den Tisch, klatschte mir mit beiden Händen hintereinander auf meinen frisch gegelten Kopf, schaute meine Mutter extra wütend an und wankte hinaus. Aubergine tapste hinterher. Ich setzte mich auf den Hocker, auf dem Onkel Sami gestern noch gesessen hatte, nahm Aubergine auf den Schoß und schaute auf die Straße, die immer dunkler wurde. Ich dachte an Malik und den Vogel und das Lächeln von Aische, das vielleicht nie wiederkommen würde. Das Lavagefühl wurde ziemlich heftig von einer Heulkugel bedroht.

Doch dann pendelte das neue Tagebuch auf einmal vor meiner Nase.

„Na, nun schreib schon und sei deiner Mutter nicht mehr böse. Manchmal rast ihr Herz einfach los, und sie kann es nicht aufhalten! Es ist nicht richtig, dass ich dich beschimpft habe!", sagte sie und ließ einen Kuss auf meine Stirn platzen.

Also begann ich meinen Tag aufzuschreiben, der historisch war, daran bestand kein Zweifel mehr bei all der Unheimlichkeit und Präsidentenverjagung. Und weil das ganze Land Stubenarrest hatte. Als Detektiv war ich nicht wetergekommen. Aber die Schreiberei beruhigte. Ich schrieb und schrieb, und auf einmal war die tolle Onkel Sami-Freude wieder da. Als ob sie im Stift steckte und beim Schreiben in dieses neue tolle Buch wieder rauskam und sagte: „Jonny, sei nicht traurig, alles wird gut!“

VON: mama@skyland.com
AN: jonnyH@gggmail.com
BETREFF: Bericht aus Deutschland 1

Lieber Jonny Himmelblau, lieber Malik, ich schreibe euch, weil hier nicht viel zu tun ist und weil meine Tante auch die ganze Zeit schreibt. Außerdem hast du ja nun ein Smartphone und musst nicht mehr in den Internetshop gehen! Und weil ich keine Lust habe, von euch in Kairo gelöchert zu werden mit „wie ist Deutschland", „wie ist Europa?", schreibe ich einfach alles auf und schicke es euch.

Ich schreibe übrigens auf dem neuen Tablet-PC. Mein Vater hatte ihn mir versprochen, damit ich mitkam. Aber natürlich lasse ich mich nicht erpressen!
„Warum kommt Tante Mina nicht nach Kairo?", habe ich ihn gefragt. Dazu sagte mein Vater nur: „Das geht eben nicht." Aber ich bekomme das schon noch raus. Das steht fest.

Papa behauptet, man könne E-Mails in den Himmel schicken. Manchmal weiß ich nicht sicher, ob noch irgendeine Tasse in seinem Schrank steht. Stellt euch vor, er hat mir eine Mailadresse eingerichtet:
mama@skyland.com

„Das Internet ist so weit, warum soll es nicht eines Tages den Himmel mit einschließen? Irgendwie wird es deine Mutter erreichen. Und wer weiß denn schon, ob Gott nicht auch E-Mail-Anschluss hat?“ „Papa, hat Gott vielleicht auch eine Postadresse und einen Tablet?“, habe ich zurückgefragt. Doch mein Vater warf seine Hände in die Luft und nickte begeistert. „Und was ist, wenn doch? Kannst du sagen, wohin das Internet geht?“ Ich schüttelte den Kopf. Was weiß denn ich! „Nein! Siehst du?“, triumphierte mein Vater. „Niemand weiß, wie Himmel und Erde eines Tages verbunden sind, und jetzt schreib!“

Also schreibe ich! Aber ich schicke es natürlich euch! Die Schreiberei verkürzt meinen Aufenthalt. Wie sie es macht, weiß ich nicht, aber die Zeit geht schneller vorbei!

Deutschland ist übrigens ein seltsames Land. Niemand hupt hier! Alle fahren ordentlich auf der Straße hintereinander her, halten an jeder Ampel, und einen Stau habe ich auch noch nicht gesehen. Tante Mina hat uns vom Flughafen abgeholt und in ihre Wohnung gebracht. Mit einem Zug, der auch sauber und leise war.

Tante Mina sieht anders aus, als auf dem Foto. Sie verkleidet sich als Mann. Ganz ohne Grund! Sie trägt einen Anzug und schwarze Sneakers. Und ganz kurze Haare.

Ich hab noch nicht so viel mit ihr geredet, denn ich warte erst einmal ab. Vorhin hab ich gehört, wie mein Vater zu Tante Mina sagte: „So ist sie, seitdem sie auf der Straße gelebt hat. Immer wieder total wortkarg. Du musst dir nichts dabei denken. Lachen ist nicht ihr Spezialgebiet." „Lass sie doch!", hat die Apothekerin mich verteidigt.

Es stimmt, irgendwie ist meine Zunge manchmal lahm. Ich wünschte, ich hätte dann einen Wörterwasserfall wie du, Jonny Himmelblau. Aber den habe ich nicht. Außerdem will ich Tante Mina erst einmal beobachten.

Während ich nur immer auf den Koffer schaute, kam Tante Mina und sagte freundlich: „Du musst nicht reden, wenn du nicht willst! Und auch nicht lächeln im Übrigen!"

Ich musste daran denken, wie die Apothekerin mich aus dem Heim befreit hat. Sie hat auch so nett geredet. Vielleicht sagte ich deshalb doch was: „Warum verkleidest du dich als Mann?" Sie hat laut gelacht und gesagt: „Das ist keine Verkleidung, das ist mein Stil!" Stil? Was soll das für ein Stil sein?

Sie hat mich ausgefragt über meine Zeit auf der Straße, und wie ich mich als Junge verkleidet habe! Aber nicht aus Stilgründen, sondern weil das sicherer war. Sie nahm mich fest in die Arme und sagte: „Ich bin stolz auf dich, mein Mädchen, du bist sehr mutig!“

Das Seltsamste hier ist aber Tante Minas Arbeitszimmer. Sie sagt, dass sie zwischen Vögeln und Buchstaben wohnt. Ihre Wohnung hat nur zwei Zimmer. Ein großes Büro mit Balkon und ein Schlafzimmer mit einem großen Bett. Gegessen wird in der Küche, die auch groß ist wie ein Zimmer. Als wir ankamen, hat eine Nachbarin zwei Gästebetten gebracht. Tante Mina schläft jetzt in ihrem Büro auf dem Gästebett.

Und stellt euch vor, dort dürfen die Vögel frei herumfliegen. Sie macht die Balkontür auf, und dann fliegen die Vögel rein und wieder raus. Vor dem Balkon steht ein großer Baum. Eine Kastanie. Und da springen Eichhörnchen herum. Das sind rotbraune Tiere, klein wie Aubergine, mit einem buschigen Schwanz, der mindestens genauso lang ist wie ihr Körper. An irgendetwas erinnert mich die Farbe. Nur an was?

„Vögel kannst du nicht einsperren, sie fühlen sich dann nicht wohl!“, behauptet Tante Mina. Vielleicht hat sie Recht. Sieben Vögel waren heute auf einmal da. Amseln, Sperlinge und Meisen. Aber um das zu sehen, musste ich mich in die Ecke ihres Zimmers hocken und still warten,

bis die Vögel kamen. Mir ist fast das Herz stehengeblieben, denn sogar der Schama von Tante Mina kam geflogen. Auch ihn lässt sie fliegen, und er kehrt immer wieder zurück. Manchmal übernachtet er in diesem Raum, während die anderen wieder hinausfliegen. Direkt neben dem Fenster steht ein echter Baum in einem Topf, und da hocken die Vögel und singen. Oder sie sitzen an einem Futterhaus. Sie haben so schön gesungen. Das war natürlich vor allem der Schama. Da musste ich heulen.
„Ja, man sagt, seine Musik reinigt das Herz!", sagte Tante Mina. Und tatsächlich war ich nach ein paar Minuten nicht mehr so traurig! Ich erzählte ihr, dass Mamas Schama weg ist und dass wir ihn einfach nicht wiederfinden. „Ich weiß, das ist traurig!", sagte Tante Mina. „Du kannst meinen mitnehmen, wenn du willst!" Aber das will ich nicht. Der ist doch ein ganz anderes Leben gewöhnt.

Ich hab mich gefragt, warum der Boden im Arbeitszimmer so sauber ist. Wo machen die Vögel denn hin? „An den Baum", behauptete Tante Mina. „Und wenn doch mal was auf den Boden fällt, mache ich es eben einfach gleich weg."
„Hast du keine Angst, dass der Schama mal weg bleibt?", fragte ich Tante Mina. „Nein, mein Schatz! Wenn er mal wegbleibt, wird er seine Gründe haben!" Ich finde Tante Mina seltsam, aber nett.

Hier liegt Schnee, und es ist kalt wie in einem Kühlschrank. Unter den Füßen knirscht es, als ob der Schnee einem was sagen wollte. Tante Mina wohnt an einem Fluss, der kleiner ist als der Nil. Wir waren da spazieren, und Kältewolken kamen aus unseren Mündern. Morgen fahren wir Seilbahn. Jetzt sitze ich auf einem Stuhl in Tante Minas Arbeitszimmer. Sie tippt wie eine Wahnsinnige und starrt dabei auf ihren Bildschirm. Zwischendurch lächelt sie.

Jonny, ich hör gar nichts mehr von euch! Ich hoffe, ihr seid ok?
Eure Aische

Kapitel 3, Samstag, als ein klitzekleiner Popo mich anstarrte und Herzkrach-Peinlichkeiten erzählte

Als ich aufwachte, dachte ich als Erstes an Malik. Er war nicht gekommen. Das verstand ich einfach nicht! Ich beschloss, nach *Zamalek* zu laufen und ihn zu holen!

Aber erst einmal war das Smartphone dran. Der Mobilfunkladen hatte auf. Khaled, der Verkäufer, dem ich hin und wieder Zitronen in den Laden gebracht hatte, früher natürlich, schob seine Brille, die keinen Rahmen hatte, die Nase hoch. Seine Augenbrauen, die die Form und Länge seiner Finger hatten, zuckten.

„Pass ma' auf mein Sohn, mit deinen Handys ist alles in Ordnung, kapiert? Der Präsident hat unser Netz abgestellt. Niemand kann telefonieren!"

Ich klopfte mal wieder an meinen Denkschädel.

„Was soll das denn heißen? Garantiert, Gott hat's gesehen, dass ich vor zwei Tagen noch ..."

Ich wollte einen Wörterwasserfall loslassen. Khaled verhinderte das.

„Es ist aber so, das ändert dein blödes Gequatsche auch nicht!", meckerte er und drehte sich von mir weg.

Warum machte der Präsident das? Mein Vater würde sagen: „Weil er der Sohn einer krummen, vergammelten Süßkartoffel ist, deswegen!"

„Ganz einfach!“ Khaled drehte sich wütend wieder um. „Er will verhindern, dass er abgesetzt wird, verstehst du?“

Ehrlich gesagt: nein!

„Wie kann man mit Handy-Abstellen so etwas verhindern? Man macht sich nur unbeliebt! Außerdem haben mein Vater und Onkel Sami mit Demonstrieren nicht aufgehört. Obwohl das Internet nicht geht. Ist doch nicht logisch!“ Erwachsenen-Unlogik!

„Jetzt lass doch mal die Logik aus dem Spiel. Unser Präsident ist so logisch, wie duftender Müll.“

Ich rümpfte die Nase. Dieser Präsident war in meinen Augen nicht besonders intelligent. Ratlos stand ich im Laden rum, bis mir Aische wieder einfiel. Vielleicht hatte sie mir etwas Wichtiges geschrieben? Und nun konnte ich es nicht lesen.

Ich starrte auf Khaleds Gesicht und auf einmal fiel mir auf, dass er eine Falte im Kinn hatte, die es zu einem klitzekleinen Popo machte.

„Warum guckst du so trübe? Hast du eine Angebetete, die du nicht erreichen kannst?“ Khaled zwinkerte.

Angebetete? So ein Quatsch! Ich fixierte den Popo in Khaleds Gesicht.

„Aha! Junge, Junge, muss schon sagen. Du bist frühreif!“

Ich wusste nicht, was er meinte, aber in mir war ein seltsames Gefühl, als wäre mein Herz ein Planet und irgendetwas kreiste drumherum. Mir fiel Rosa Zitrone ein, wie sie „*Schammör*“ gesagt hatte. Ich schwitzte.

Aubergine bellte leise. Khaled begann, Telefone in eine Kiste zu packen.

„Wollen Sie umziehen?“, lenkte ich ab. Meine Stimme versagte aber mittendrin, sodass „umziehen“ nur noch geröchelt kam.

„Gibt’s Probleme?“, grinste Khaled und schüttelte dann den Kopf. „Muss schon sagen, dieser Junge ist ein ägyptisches Wunder! Ein Draufgänger und noch nicht mal trocken hinter den Ohren“, sagte er in eine Kiste hinein. „Nein, ich möchte nicht umziehen, das wäre ja noch schöner, ich lasse mich doch nicht vertreiben, aber hier wird geklaut, und keine Polizei ist da. Da drüben ...“, er zeigte auf einen Elektroladen auf der anderen Straßenseite, „ist alles weg!“

Die Scheiben des Ladens waren eingeschlagen, das konnte ich erkennen.

„Total leer geraubt“, sagte Khaled Kopf schüttelnd. „Unser Herr Rattenpräsident hat heute Nacht Verbrecher aus dem Gefängnis entlassen, damit sie hier ein wenig Unruhe stiften! Muss schon sagen! Aber er hat die Rechnung ohne den Wirt gemacht. Wir wehren uns. Pass aber auf, mein Sohn, wo du hingehst, und lass deinen Geldbeutel nicht aus den Augen!“

„Und wann kann man wieder telefonieren?“, fragte ich.

Khaled lachte wieder. Und sein Kinnpopo wackelte.

„Was guckst du wie verfaulte Trauben, he? Ägypten wird erneuert! Das ist ein Grund zur Freude! Und du? Herzangelegenheiten, gib's schon zu!"

Herzangelegenheiten? Herzkrach-Peinlichkeiten waren es allerhöchstens.

„Danke!", sagte ich und beeilte mich, aus dem Laden zu kommen.

Und doch fühlte sich mein Herz auf einmal anders an. Eben wie ein Planet, der sich wie wild drehte. Ich seufzte.

„Komm Aubergine, auf geht's!"

An meinem Bein zitterte es mal wieder. Das erste Mal heute. Ich griff nach Aubergine, die zitterte, und dann zitterte ich ebenfalls von oben bis unten. Ein schrecklich lautes Fahrzeug fuhr über die Hauptstraße und ließ den Asphalt unter mir vibrieren. Aubergine begann zu bellen. Vor Schreck vergaß ich weiterzulaufen. Ich hatte noch nie einen Panzer so nah an mir vorbeifahren sehen. Er füllte die ganze Fahrbahn aus, so breit war er. Oben saß eine lange Stange, die einem umgefallenen Laternenpfahl ähnelte. Ich wusste, dass damit geschossen wurde. Ich wusste aber nicht, warum ich mich in die nächste Seitenstraße verdrückte.

Ich musste an Ahmad denken. Er und seine Kumpanen wären begeistert gewesen. Ich aber musste tun, was der Herzpfirsich wollte, und der wollte sich verdrücken.

Da sah ich die kleine Polizeistation. Und Schatten drin. Die Polizeistation war also gar nicht mehr leer! Drei Gestalten winkten mir aus dem Fenster zu.

Überrascht kam ich näher. Ich kannte diese kahlgeschorenen Typen ziemlich gut.

„Hallo Weichlingpest, du Hornochse. Wir sind's, die neuen Polizisten der Stadt. Kapierst du es endlich?"

Ich fixierte die Glatzköpfe mit zusammengekniffenen Augen. Wieso trugen sie Uniformen?

Mein Denkschädel kam in Gang. Ahmad und seine Kumpanen mussten sie in der verlassenen Polizeistation gefunden haben, diese Hasenhirne. Ich konnte nicht anders, ich musste lachen.

„Wir machen uns nützlich!", krakeelte Ahmad aus dem Fenster. „Willste auch eine?"

Er hatte einen ungewohnt freundlichen Ton. Doch genau in diesem Moment kam der Bügler an mir vorbei. Schnurstracks riss er die Tür zur Polizeistation auf und polterte hinein. Dann erschien er im Fenster. Ich sah, wie Ahmad bleich wie Ei verschwand.

„Zieh sofort diese Uniform aus und komm mit!", hörte ich den Bügler eiswürfelkalt sagen. Ich wartete nicht, bis sie wieder herauskamen, sondern machte mich grinsend davon.

Der Panzer war weg, und die Stadt wackelte nicht mehr.

Aber Aubergine, die ich wieder auf die Straße gesetzt hatte, übergab sich auf einmal. Ein esslöffelgroßer gelber Klecks lag vor meinen Füßen.

„Aubergine, bist du krank?“ Sie musste sich den Magen verdorben haben. „Da müssen wir wohl etwas Medizin einnehmen!“, sagte ich und strich vorsichtig über einen blubbernden Minibauch. Aber ich musste ja sowieso noch in den Garten, Aisches Katzen versorgen.

Im Garten war es immer noch still und leer. Ich holte Tropfen aus der Medikamentenkiste und verabreichte sie der Minihündin. Aubergine torkelte zu dem Körbchen neben der Kiste und legte sich fiepend rein. Ich stellte den Katzen Wasser hin. Dann kletterte ich voller neuer Sorgen auf die Tamarinde. Gerade als ich den dicken ersten Ast erreichte, knurrte es leise aus dem Körbchen.

„Was ist?“, fragte ich Aubergine. Da spürte ich einen Zug an meinem Bein. Aubergine bellte schwach.

„Machsu hier im Garten, he?“

Ein Mann zog mich so heftig, dass ich runterfiel. Ich hörte ein Reißen. Mein Hemd! Aubergine knurrte immer noch, rührte sich aber nicht vom Fleck.

„Ich mach ja nichts, ich hab sogar einen Schlüssel und füttere Tiere hier, ich schwöre, Gott hat’s gesehen, ich kenne das Haus wie meine Westentasche. Lassen Sie mich los! Wer sind Sie überhaupt?“

Ich schaute auf einen gurkenlangen Riss in meinem lila Hemd.

„Immer mit der Ruhe! Das ist der Sohn von Zitronen-Mahmud und kein Plünderer! Bist du blind, Hamdi?“

Das war die Stimme des Büglers. Hamdi ließ mich los. Er war der älteste Sohn des Cafébesitzers, der ein Freund von meinem Vater war. Ich wusste, dass er von Ahmad und seiner Gang „blöder Hamdi“ genannt wurde. Wegen seinem Genuschel. Mein schönes Hemd! Ein dreieckiger Stofffetzen hing nun wie eine Fahne raus. Das war eine Katastrophe!

„Tummir leid, Junge! Willsu ne Limo?“

Hamdi war zerknirscht und wischte mit seiner Hand über den Mund. Ich hatte noch nie so dicke Lippen gesehen! Sie bildeten eine Art Minischwimmreifen, wenn der Mund offenstand. Mir fiel außerdem auf, dass er genau so ein Hemd trug wie Onkel Sami, nur dass es schwarz war.

„Ne Limo macht mein Hemd auch nicht wieder lebendig! Wissen Sie, wie teuer das war? 50 *Guineen*. Und wie soll ich jetzt in die Schule gehen? Etwa mit nacktem Oberkörper?“ Der Wörterwasserfall war wütend!

Der Bügler trat näher.

„Oh, ja, n’ übles Loch! Soll sich meine Frau das mal anschauen? Sie kann ziemlich gut nähen!“

Das hatte mir gerade noch gefehlt. Mein Hemd bei Ahmad in der Wohnung.

„Meine Mutter kann auch nähen, danke!“, sagte ich grimmig. Die sollten nur nicht denken, dass sie mit Jonny Himmelblau alles machen konnten. Als ob eine Naht besser wäre als der Riss. „Ein neues Hemd brauche ich, das ist alles!“

„Woher hast du eigentlich dieses tolle Hemd?“, fragte der Bügler, der genau wusste, wie wenig Geld wir hatten. Keine Ahnung, wie viele Zitronen ich verkauft hatte, um mir dieses Hemd für die Schule leisten zu können. Aber das ging die beiden ja nichts an!

Der Schwimmreifenmund von Hamdi zitterte und zog Falten. Dann streifte er sein Hemd über den Kopf und reichte es mir.

„Hier, Nschädigung!“, sagte er, nun nur noch im weißen Unterhemd.

Ich schüttelte den Kopf, aber Hamdi drückte das Hemd gegen mich.

„Los, machsu schon. Das mussu nehmen!“

Der Bügler nickte.

Ein Hemd, wie das von Onkel Sami, nur dass es ein Nannogramm cooler war. Aus der Katastrophe wurde ein Festtag. Dieser Hamdi war schwer in Ordnung! Ich legte das Hemd wie einen Schal um meinen Hals und stieß dabei auf den Skarabäus. Manchmal brachte er doch Glück. Zumindest kleine Glücke. Das Hemd mit der Kette sah einfach gigantisch cool aus!

„Na siehst du! Entschuldige, aber wir müssen das Viertel schützen", sagte der Bügler nun beschwichtigend.

Schon klar!

„Willst du jetzt vielleicht eine Limo?", fragte der Bügler freundlich.

Oh ja, jetzt schon!

„Na, dann kommsu ma, Mann!", blubberte Hamdi.

Ich flüsterte Aubergine zu: „Ich komme gleich wieder!" und folgte mit meinem Hemdschal Hamdi durch das Gartentor zu einem Sofa, das mitten auf der Straße zwischen zwei Absperrgittern stand. Dort saßen noch zwei andere Männer. Einer von beiden war Hasim, der Türhüter der Apothekerin. Hamdi reichte mir ein kleines Trinkpäckchen mit einem Strohhalm.

Am Sofa lehnten Stöcke, und jetzt sah ich, dass beide Männer eine Pistole in ihrer Hose stecken hatten. Mein Atemapparat schaltete mal wieder auf Pause.

„Keine Angst, Junge! Wir verteidigen nur unsere Häuser vor den Plünderern! Nieder mit dem Präsidenten! Jeder muss mithelfen! Achtung, Taxi! Kontrolle!", sagte der eine Mann und stand abrupt auf. Er legte die Hand auf seine Waffe.

„Hör mal, mach dich bald nach Hause Junge. Es ist wirklich nicht ungefährlich heute auf der Straße!", sagte Hasim.

„Ja, ja, ich weiß Bescheid! Ich muss aber noch ...!"

In dem Moment hörte ich eine Stimme aus dem schwarz-weißen Wagen.

„Hier spricht der Präsident!“

Die Stimme kannte ich doch!

„Ich suche den großen Detektiv *Schörlock*-Zitrone, *hörriap*!“

Ein Fels krachte von meinem Herzen.

„Malik!“, rief ich.

Die Männer liefen an das Auto. Hasim hielt die Pistole in das Taxi und schrie: „Aussteigen! Hände hoch!“

Ich hinterher.

„Halt!“, schrie ich. „Das ist nur mein Freund, der kann gut Stimmen nachahmen!“

Elefantenlaute Schreie kamen nun aus dem Taxi. „*Facksedalts*! Verflucht sind die Erwachsenen! Ich bin's doch, *beisewäi*, Doktor-Malik. Ohren, die bohren, aaah!"

Malik, wie er leibt und lebt, dachte ich. Dass er gekommen war wie immer, in einer Stadt in Tagen, die ganz anders waren als sonst, das war das zweite Glück heute.

Hasim schaute misstrauisch ins Taxi. „Tür auf!"

„Malik-Mister, endlich!", rief ich. „Und Taxi-Tim!"

Der Fahrer war inzwischen ausgestiegen und legte sein Piratenkopfkinn auf sein Taxi. Er trug wie immer ein Stirnband.

„Immer mit der Ruhe, Freunde. Das Kind hier tut nix, und jetzt legt doch mal die Knarren weg!"

„Gut, gut, mach aber trotzdem mal den Kofferraum auf!", sagte Hasim und steckte die Pistole weg.

„Ok, ok", sagte Taxi-Tim. „Ihr tut ja nur eure Pflicht!"

Ein kleiner geschorener Kopf mit Sonnenbrille tastete sich aus dem Taxi heraus, grinste ein Grinsen, das seinen Goldzahn sichtbar machte, und eine schwarze Hundekugel hüpfte mir entgegen. Kapitän freute sich und schnüffelte suchend nach Aubergine. Er musste sie leise fiepen gehört haben, denn plötzlich lief er schnurstracks in den Garten hinter das Haus.

Ich reichte Malik die Hand, um ihn wegzuführen.

„Huhu, Bösewichte, Wösebichte aus Gefängnissen und schlimme Polizei, deshalb konnte ich gestern nicht meinen freundlichen Freund besuchen, und heute fährt der Panzer wütend herum. Die Hauptstraßen sind voll! Aber ich hab's ja geschafft, und nun werden wir berühmt. Jonny-*Schörlock* und Doktor-Malik, die Vogeldetektive, *beisewäi*!"

Sein Schreien tat mir im Ohr weh, aber ich war so froh, dass er da war!

„Malik, du lässt immer was liegen!", rief Taxi-Tim genervt und trug uns einen Blumenstrauß hinterher.

„Ach ja! Dieses duftige Luftblumenzeugs ist für das Melonenmädchen! Hahaha! Aber sie hat nicht mehr geläutet, Veronika, Harmonika. Nicht einen Ton!"

Wer war das Melonenmädchen? Es dämmerte mir nun, dass Malik nicht nur wegen des Vogels gekommen war. Vermutlich war da wieder ein Gefallen, den ich ihm tun sollte.

Malik hielt den Blumenstrauß wie eine Siegertrophäe hoch. Er trug ebenfalls ein neues Hemd, in Weiß mit blauen Streifen. In seiner Hand schaukelte seine Plastiktüte.

Obwohl ich vermutete, dass Malik irgendetwas im Schilde führte, und auch wenn er an meinem Arm hing wie ein nervig quatschender Sack: Es war gigantisch, dass er da war!

„Welches Melonenmädchen?“

„Später, später mein guter, freundlicher *Schörlock*-Zitrone, jetzt brauche ich was zu trinken, dallidalli!“, befahl Malik.

Ich kriegte zwar auch nicht raus, was er mit „*Schörlock*-Zitrone“ meinte, aber wir hingen eine Weile mit Limo und Strohhalmen bei den Türhütern auf dem Straßensofa rum, und ich hab Malik wirklich alles erzählt, vom verschwundenen Foto bis zu dem, was mir mein Onkel berichtet hatte.

Die Sonne war inzwischen orange wie Pfirsich, und ein Windchen kam auf.

„Oh, *hörriap, Schörlock*! Dann rufen wir morgen Taxi-Tim, und dann gehts der Schrumpelziege an den Kragen, *yes, yes,* in jedem Winkel von *Mohandissin* suchen wir, *beisewäi*!“

„Und wie wollen wir Taxi-Tim rufen, ohne Netz?“

Ich zeigte Malik mein neues Smartphone, das er neugierig abtastete.

„Uiuiui, ein Edelmackergerät. Mit einem Sprung drin. Hurraika, balleika! Und ohne Tasten!“

Er selbst hatte ein altes Handy. Womit er nur telefonierte. Ich erklärte Malik, dass die Tastatur auf dem Bildschirm war.

„Nichts für Malik-Mister!“, schimpfte er.

„Sowieso nichts im Moment!“, sagte ich genervt.

Malik und ich verließen den Wachposten und gingen in den Garten zurück, auf die Bank dort. Kapitän saß vor Aubergines Körbchen und leckte die Minihündin ab. Die wedelte schwach mit dem Schwanz.

Ich checkte das Smartphone und die Uhrzeit schlug mir entgegen. Schon sechs.

„Hey, so schweigsamstille, Herr Zitronendoktor?“, sagte Malik. „Welches Herzgeräusch höre ich, welches, welches?“

Ich erzählte ihm von den Schüssen und vom kranken Zitterhund. Und wie eine Verrückte mich im Hausflur überfallen hatte.

„Mich Bettler zu nennen, diese Schimmeltussi“, endete ich meinen Wutbericht. „Nichte von König Faruk! So ein Blödsinn!“

Malik hielt seine Nase an meine Jacke.

„Aaaahhh!“, schrie er auf! „Hilfeee! Das Parfümbiest. Sie bringt mich um! Alarm, wo ist sie? Auf sie mit Gift und Gebrüll!“

„Was meinst du zum Teufel?“

Malik wiederholte, was er gesagt hatte, wieder und wieder. Das Parfümbiest! So hatte Malik immer schon Aisches böse Stiefmutter genannt, die den Vogel geklaut hatte. Mein Herz machte in etwa so laut Krach wie Malik.

Konnte es sein, dass wir sie hatten? Aber sie sah so anders aus, als auf dem Foto.

Ich packte seine Schultern und brüllte mit einer tiefen Männerstimme: „Jetzt halt mal die Klappe und hör zu!“

Stille. Malik hatte seinen Mund offenstehen lassen.

„Meinst du wirklich, dass sie das ist?“, flüsterte ich. Meine Stimme war wieder abgekratzt.

Malik klatschte in die Hände.

„*Yesplies*, Malik-Mister weiß: Das ist sie. Das Parfümbiest, die die Nichte von König Faruk sein will! Die gibt es nur einmal in ganz Kairo, *beisewäi*! Sie ist es! Wir haben sie, *noproblemm*!“

Ich konnte es nicht fassen. Da also wohnte sie? Was würde Aische sagen? Vor lauter Stiefziegenaufregung sprang ich auf.

„Wir müssen einen Plan machen!“, rief ich. „Sie irgendwie überlisten und dann den Vogel retten!“

„Moment! Huuungeeer! *Yesplies. Hörriap*, verstanden?“, krähte Malik.

Oh nein!

„Und die Stiefziege?“, motzte ich zurück.

Morgen konnte sie schon entwischt sein. Andererseits war da die Ausgangssperre. Wir schafften es nicht mehr rechtzeitig hin. Und wenn Malik Hunger hatte, war nichts zu machen. Dann sprang für gewöhnlich die Hungersirene an, und Kapitän bellte aufgeregt herum.

„Ist ja gut!“, sagte ich. „Was hältst du von *Koscheri*?“, fragte ich.

Da ich ja das Sonnenbrillengeld gespart hatte, konnte ich Malik zu einem Imbiss eine Straße weiter einladen. Ein leckeres, schönes, scharfes *Koscheri*. Das schafften wir noch.

„Gut, sehr gut. *Beisewäi*, das Parfümbiest kriegen wir auch noch. Lass Malik mal machen! Mit dem Essen kommt ein Plan. Morgen, morgen, ohne Sorgen!“, sang Malik vergnügt. „*Noplies, newaewa*! Hier spricht der Präsident!“

„Jungs, ihr haltet jetzt besser eure Klappe und geht nach Hause! Das ist nicht witzig!“

Hasim stand vor uns. Er klopfte auf seinen schwarz-weißen Turban wie an eine Tür. Wir standen auf, und Malik hakte sich bei mir unter. Aubergine schleppte ich im Körbchen mit.

Doch dann fiel mir der Sperling ein.

„Warte hier!“, sagte ich zu Malik.

Ich machte mich also durch den Garten zur Haustür. Dann schloss ich Aisches Tür auf. Ihr Zimmer bestand aus einem Bett, einem Kühlschrank, Büchern und einem Tisch, auf dem der Käfig mit dem Sperling stand. Als ich den Käfig öffnete, hüpfte der Sperling heraus und mir auf die Hand. Das klopfende Vogelherz ist meins, dachte ich, und ich sah, wie der Vogel Flugbewegungen machte. Sollte ich ihn hochwerfen? In den Himmel hinter Aisches Fenster? Aische hätte genau gewusst, ob der Sperling bereit war. Vorsichtig entfernte ich die Schiene und setzte den Vogel in den Käfig zurück, wo er sofort mit Flatterversuchen loslegte.

„Ja, mein Guter, bald wirst du wieder fliegen. Vielleicht ist es morgen soweit. Tu Jonny Himmelblau nur einen Gefallen: Stoß nicht mehr mit dem Kopf gegen die Decke ja?“

Ich versorgte ihn mit frischem Wasser und Körnchen zum Picken und ging wieder in den Garten.

Gemeinsam liefen wir an den Männern vorbei in Richtung Hauptstraße.

„Heute ist noch früher Ausgangssperre. In einer halben Stunde schon!“, rief uns Hasim nach.

Der Imbiss an der Hauptstraße hatte geöffnet, aber dort durfte man die Hunde nicht mit reinnehmen. Also musste Malik draußen bei ihnen warten.

Ich betrat den dampfenden Laden mit den riesigen Töpfen und stellte mich in eine Schlange vor dem Tresen. Ich beobachtete, wie der schwitzende Verkäufer für jede Portion aus riesigen Töpfen Reis, Nudeln und Linsen in eine kleine silberne Schale aus Aluminium füllte. Darüber heiße rote Tomatensoße, feuriges Chilipulver und geröstete Zwiebeln. Zwischendurch wischte er sich die Stirn mit einer Schürze ab, die er um seine Hüften gewickelt hatte.

„Zwei Mal bitte und zwei Limo!“, sagte ich, als ich an der Reihe war. „Und eine Extraportion Chili, bitte!“

Der Verkäufer packte die zwei Aluminiumkistchen und zwei Päckchen Limo in eine Tüte, die er mir rüberreichte. Ich bezahlte an der Kasse und trug die Tüte zu Malik raus.

„Oh, endlich, *beisewäi*, ich sterbe vor Hunger!“, krähte der Sänger.

Wir setzten uns an den Straßenrand und schmatzten. Der Chili brachte schöne Flammen auf meine Zunge. Von der Hauptstraße verschwanden allmählich die meisten Autos.

Später lag Malik auf meinem Bett. Und schnarchte wie eine Bohrmaschine. Ich schrieb. Mit dem Licht der Taschenlampe. Und Onkel Sami-Freude. Kurz leuchtete die Tinte auf, bevor sie im Blatt absoff. Es kam mir vor, als ob ich die Blätter im Buch mit Tinte fütterte, mit Wörtern und Gedanken und Ereignissen. Historisch eben.

Meine Stadt Kairo war wie ein leisegedrehtes Radio. Am Himmel waren Sterne in Massen. Die hatten keinen Stubenarrest. Ab und zu fuhr ein Auto durch unsere Straße, obwohl das verboten war.

Ich dachte an Aische. Vielleicht war sie übermorgen wieder da. Bis dahin hatten wir wahrscheinlich den Vogel. Und die Revolution war zu Ende, hoffentlich, denn ich hatte genug vom Stubenarrest. Was dachte Aische nur, warum ich ihr nicht schrieb? Würde sie auf die Idee kommen, dass mein Handy kaputt war? Oder würde sie womöglich denken, dass wir gar nicht mehr nach dem Vogel suchten? Mein Herz wurde immer öfter ein Planet.

VON: mama@skyland.com
AN: jonnyH@gggmail.com
BETREFF: Bericht aus Deutschland 2

Lieber Jonny, lieber Malik, ich weiß jetzt, warum ich nichts von euch höre. Dieser Präsidentenidiot hat das Mobilfunknetz abgeschaltet. Ich verstehe nur eines nicht: Warum macht er das? Er wird nicht beliebter dadurch! In seinem Hirn scheint außer Schafskäse nichts zu sein!

Im Fernsehen sehe ich schreckliche Bilder. Leute werden verhaftet und sogar niedergeschlagen. Hört auf, den Vogel zu suchen! Das könnte gefährlich werden. Die Briefe schreibe ich euch trotzdem, versuche immer wieder zu versenden und speichere sie ab. Irgendwann werdet ihr sie lesen können. Notfalls doch alles gesammelt, wenn ich zurück bin. Schade!

Irgendetwas ist im Busch mit meinem Vater, und ich weiß nicht so genau was. Ich beobachte ihn ganz genau. Er schaut traurig, hängt den ganzen Tag vor dem Computer und ist abwesend. Er fährt sich über die Haare und seufzt. Mir kann er nichts vormachen. Ich rede heute mit niemandem mehr, bis ich weiß, was los ist. Mein Lachen ist ja sowieso weg. Und zwar so weg, dass ich nicht einmal weiß, wie es war, als es noch da war.

Manchmal denke ich, die Stiefziege hat es mit dem Schama geklaut und in viele Stücke zerhackt! Hier muss ich noch öfter an den Schama denken als zuhause. Ich hoffe nicht, dass die Stiefziege ihn verkauft hat. Ich musste daran denken, wie du, Malik, die Stimme des Schamas nachgeahmt hast. Ich hatte es erst nicht kapiert und hektisch rumgeguckt. Nicht einmal das hatte den Schama angelockt.

Seit wir hier sind, klebt Tante Mina ziemlich am Telefon und Computer und redet mal Deutsch und mal Arabisch. Wegen der Revolution. Sie muss darüber berichten. „In Ägypten durfte ich nicht die Wahrheit schreiben! Deshalb gibt es jetzt die Revolution!“, hat Tante Mina zufrieden gesagt. „Was für eine Wahrheit?“, wollte ich wissen. Aber sie hat wieder „später“ gesagt und weitergemacht.

Heute ist Sonntag, hier haben alle Geschäfte zu, genau wie am Freitag in Ägypten. Aber nicht nur bis nachmittags. Nein, den ganzen Tag ist hier alles geschlossen, und morgens läuten die Glocken der Kirchen. Tante Minas Haus ist neben einer Kirche. Ich hab erst gedacht, Tante Mina hätte nun auch noch eine Glocke im Arbeitszimmer. So laut war das, und so sehr hat die Wand vibriert.
Seltsame Sorgen ohne Namen erreichen mein Herz.
Eure Aische

Kapitel 4, Sonntag, als ein Sultan der Flöhe an allem schuld war und ein Melonenschatz hellsehen konnte

Heute Morgen wurde ich durch aufgeregtes Stimmenchaos auf der Straße wach.

„Der Präsident glaubt, uns einschüchtern zu können. Wir sind von der Welt abgeschnitten. Nieder mit ihm!"

„Ja, nieder mit ihm!"

Ich erkannte den Bügler. Die anderen johlten ein Echo.

Von der Welt abgeschnitten. Ich musste an Aische denken und dass ich sie nicht erreichen konnte. Und das merkwürdige Planetengefühl kam wieder.

Die Stimmen wurden leiser, die Männer entfernten sich, und dann war es wieder still vor unserem Haus. Ab und zu ein Hupen.

Ich lag auf dem Bett, und meine Beine fühlten sich an, wie leblose Stangen. Wie sollte ich aufstehen?

Wenig später schon kam meine Mutter mit lautem Gejammer und einigen Tüten ins Haus.

„Dein Vater ist immer noch nicht zurück. Und man sagt, der Präsident hat Menschen verhaften lassen! Was, wenn dein Vater und dein Onkel dabei sind?"

Verhaftet? Mein Atemapparat setzte aus. Die Stangenbeine wurden lebendig, und ich schwang sie aus dem Bett. Meine Mutter legte die Tüten auf den Tisch.

„Los, Junis, tu was!“

Was sollte ich denn tun? Außerdem hatte meine Mutter mir doch alles verboten. Und hatte ich nicht schon genug Sorgen? Nun kroch die Papa-Onkel-Sami-Sorge auch noch zu den ganzen anderen Sorgen in meinen Denkschädel. „*... Vor lauter Sorgen wird die Welt klein ...*“, sagte mein Gedankenbuch. So ein Quatsch. Die Welt war groß und hatte vielleicht meinen Onkel verschluckt!

Wenigstens hatten wir ziemlich sicher die Stiefziege gefunden.

Doch wie sie überlisten? Wir konnten ja schlecht bei ihr anklopfen und sie darum bitten, uns den Vogel zurückzugeben. Wahrscheinlich würde sie uns die Treppe runterstoßen.

Vielleicht konnten wir den Türhüter der Apothekerin einweihen. Er hatte ein Gewehr!

Während ich grübelte, lag Malik ausgestreckt auf dem Teppich, und sein Bauch wogte auf und ab.

„Und jetzt weck doch endlich diesen Schnarchautomaten! Ist ja schlimmer als dein Vater!“

Meine Mutter patschte auf meine Schulter. Trotz aller Sorgen musste ich lächeln und rüttelte an Maliks Arm.

„Los, wir müssen zur Stiefziege, bevor sie den Vogel verkauft!“

Da wachte er endlich auf. Und sofort war er im Bilde. Er grapschte nach mir.

„Wir müssen den Vogel finden, für Aische!!"

„Hey, Zitronenkapitän, Malik-Mister hört wieder etwas! Ein Herzgeräusch hören meine Hundeohren. Eine Verliebung, hahaha!"

Malik griff nach dem Stück Brot, das meine Mutter ihm reichte, und lachte.

Ich pufftc ihn an. „Was weißt du schon davon!"

„Ganz einfach!", sang Malik, „*Kissing, missing*, hör und all das!"

Was? Ich wurde mal wieder nicht schlau!

„Willst du sie knutschen, Herr der Zitronen?"

„Wen?"

„Die Klobige Prinzessin!"

„Quatsch!", sagte ich, musste aber an das Planetenherz denken.

„Ja, ja!", sang Malik und stand auf, um zu einem Lied anzusetzen. „... Heute zeig ich dir die Prinzessin meines Herzens. Ein Melonenschatz ist sie, ja, ja! Hier ganz in der Nähe muss sie sein, mit Kerzen. Und hilft uns mit dem Vogel wunderbar. Königin meines Herzens, bald bist du wieder nah ..."

Spinner!, dachte ich. Wieder eine seiner nervigen Eigenkompositionen.

Mit Aische hatte ich mich angefreundet, weil sie ein Junge war, als Junge verkleidet. Damals hatte ich nicht gewusst, dass unter der typischen Kappe ein Mädchenkopf steckte. Als ich das rausfand, wusste ich erst nicht, ob ich ihr Freund bleiben konnte. Wenn es nach meinem Vater gegangen wäre, natürlich nicht. Der akzeptierte die Sache nur, weil er von Aisches Vater einen neuen Job gekriegt hatte. Die Leute auf der Straße haben ihn bis vor Kurzem angepöbelt: „Na, ist dein tauber Sohn nun schon verlobt? Mit dem Mädchen, das ein Junge war?“

Davon konnte ja nicht die Rede sein. Aber verliebt? Ich beschloss, meinen Onkel Sami danach zu fragen, wenn er wieder zurück war.

Blieb nur noch die Frage, wer der Melonenschatz war.

„Jetzt lass uns los!“, sagte ich und stand auf.

Kapitän bellte ein fröhliches „ja genau!“ und tapste auf Malik herum.

„Immer langsam, Herr der Zitronen, ein Malik-Mister ist kein Düsenjet, *noplies*!“, sagte Malik und tastete nach seiner Sonnenbrille und seinem Hemd. Beides hatte er neben sich auf den Boden gelegt, und nun zog er sich das Hemd über seine Jeans.

Ich reichte ihm ein Glas Tee. Dann schaute ich nach Aubergine und gab ihr ein wenig gekochten Reis, in den ich einige Tropfen des Medikaments gab. Sie schien sich schon ein wenig erholt zu haben, denn ihr Schwanzwedeln war etwas stärker geworden.

„Du passt auf Aubergine auf, ok?“

Und Kapitän bellte ein kräftiges „Ja“.

Kurze Zeit später packte Malik seinen halb verwelkten Blumenstrauß und seine Tüte. Ich öffnete die Haustür. Malik fuchtelte suchend mit seinem Arm in der Luft herum. Dann hängte er sich wieder bei mir ein.

„Wir holen den Millionenvogel, und dann besuchen wir das Melonenmädchen, *hörriap*!", gackerte Malik wie ein Huhn. „Und ich bleib bei dir, Zitronen-*Schörlock*! *Yesplies*!!!!"

Während wir unterwegs waren, eröffnete er mir seinen Plan, von dem ich wirklich nicht wusste, wann er ihn entwickelt hatte.

„Wir hören nach Piepsschieps! Meine Ohren halte ich an die Tür, *yesplies*, und dann erkenne ich den Millionenvogel. Und wenn das Parfümbiest kommt, zeige ich ihr das messrige Messer!"

Typisch Malik.

Wieder liefen wir an bewaffneten Männern vorbei, und überall saßen die Leute zusammen auf Hockern und tranken Tee und diskutierten.

„Und wenn ich ihn höre, werde ich singen und die Stiefziege wird herauskommen und in die Knie gehen. Und dann, Grapschdigrapsch, gehst du in die Wohnung und holst den Vogel."

Ich bezweifelte, dass die Stiefziege vor Malik in die Knie gehen würde.

„Lass uns doch den Türhüter einweihen!“, schlug ich vor.

Wir einigten uns darauf, dass Malik erst einmal herausfinden sollte, ob der Vogel überhaupt in der Wohnung war. Am Haus von Rosa Zitrone ließ der Türhüter uns durch, und wir gingen in den zweiten Stock. Doch es war kein Geräusch zu hören.

„Uhuuu, Junis-Kapitän, da ist kein Vogel nicht drin! Keinerlei Vogel Piepsschieps, glaube mir, der Vogel ist nicht da oder mausetot, vogeltot!“, sagte Malik.

„Vielleicht singt er einfach nicht! Du kannst doch singen wie er, oder?“

„*Yesplies*!“, sagte Malik eifrig und stellte seine Tüte ab. Dann begann er zu singen. Schönere Vogeltöne hatte ich noch nie gehört. Fast klang er wie die Flöte des Jungen, den ich neulich mal an der Straße gesehen hatte.

In einen besonders schönen Triller hinein hörte ich Schritte. Der Türhüter kam die Treppe hoch.

„Was ist das hier für ein Gepfeife?“, fragte er mit zusammengekniffenen Augen. „Ich dachte, ihr wolltet zu der Deutschen? Die Verrückte hier ist heute Morgen abgeholt worden. Es war noch dunkel. Hatte einen Koffer dabei! Ist auch besser so, denn sie ist wahrscheinlich ’ne Regierungstreue, behauptet, sie wäre die Nichte von König Faruk! Auf kurz oder lang hätte es Probleme gegeben.“

„Das Parfümbiest!“, kreischte Malik.

„Wer?“, fragte der Türhüter irritiert.

„Mit Vogel, *facksedalts*?“

Der Türhüter kniff genervt die Augen zusammen. „Was ist los?“

Ich spürte, wie in meinem Bauch Lachen rumgluckerte, bemühte mich aber, ernst auszusehen. Deshalb räusperte ich mich, weil das sehr erwachsen wirkte, und ich strich über meinen neugewonnen Bart. War ja egal, dass der nur aus Wimpernhaaren bestand. Ich hatte mal gehört, dass das am Anfang immer so war.

„Wissen Sie, ob die Frau einen Vogel in ihrer Wohnung hatte?“, fragte ich geschäftig.

„Ja, hab sie mal einen hochtragen sehen. In einem Käfig. Sehr schön gesungen hat der. Aber warum wollt ihr das alles wissen, he?“

Herzkrach. Der Schama! Hier!

„Und Sie haben die Frau heute Nacht mit Vogel rausgehen sehen?“, fragte ich.

Der Türhüter schüttelte den Kopf.

„Nö, kein Vogel!“

„Sind Sie ganz sicher?“, fragte ich mit Katzenstimme.

„Wir müssen gucken! Piepstirillilli!“, zwitscherte Malik. „Diese Frau ist die Tochter eines Sultans der Flöhe! Ein Ungeziefer ist sie, mehr nicht!“

Der Türhüter stöhnte: „Jetzt macht aber mal, dass ihr verschwindet, sonst ...!“

Ich unterbrach ihn und redete mich um Kopf und Kragen, und mir fielen wunderbarerweise Dinge ein, die herrlich klangen, von denen ich aber natürlich nicht wusste, ob sie stimmten.

„Meinen Sie, wir können mal nachsehen? Verstehen Sie, sie hat unseren Vogel gestohlen! Er ist ein Vermögen wert, und der Vater gibt sicher einen Finderlohn für Sie, und außerdem sind Sie verpflichtet uns zu helfen wegen der Revolution! Und die Revolution kann doch einen Vogel gebrauchen. Einen Revolutionsvogel. ... Es sieht doch keiner!"

Ich schob noch ein sehr breites und sehr freundliches Grinsen nach.

„Schon gut, schon gut. Aber nur, wenn du den da ...", der Türhüter zeigte auf Malik, „abstellst! Dann schauen wir mal kurz rein, ok? Ich kann die Alte nämlich nicht leiden!"

Geschafft!

Malik verzog beleidigt den Mund, streckte dem Rücken des Türhüters die Zunge raus, tastete sich dann aber die Treppe runter.

Ich folgte dem Türhüter nun aufgeregt durch die Wohnung. Das Empfangszimmer stand voller Kisten. Als wollte die Stiefziege umziehen. In dem anderen Zimmer fanden wir Wertsachen: Computer und Handys.

„Das sieht nach Diebesgut aus!", sagte der Türhüter.

„Meinen Sie, die Frau gehört zu den Plünderern?“, fragte ich.

„Hm, wahrscheinlich, denn wenn mich nicht alles täuscht, ist das hier die Ware eines Mobilfunkladens! So und jetzt raus. Der Vogel ist nicht hier!“

In mir war ein schrecklich trauriges Gefühl. Wenn der Vogel nicht in der Wohnung war, und sie ihn heute Morgen nicht dabei hatte, konnte das nur bedeuten, dass sie den Vogel verkauft hatte. Aische würde ihren Vogel vielleicht nie wiedersehen. Höchstens, wenn wir den Käufer fanden.

Der Türhüter schob mich aus der Wohnung. „Na, die kann was erleben, wenn sie wiederkommt! Ein blaues Wunder!“

Ich war überrascht. „Meinen Sie, sie kommt zurück?“

„Hast Recht, Junge! Ist unwahrscheinlich!“

Dann schloss er die Tür wieder und zeigte nach unten.

„Ihr geht nach Hause, und ich kümmere mich um das Zeug, klar?“

Mit der schlechten Nachricht im Gepäck trotteten wir zurück. Malik sagte ausnahmsweise mal nichts.

„Wir hätten gestern schon gehen sollen!“, blaffte ich Malik an. „Nur du wolltest ja unbedingt essen!“

Aber ich wusste genau, dass die Revolution mit ihrem Stubenarrest uns aufgehalten hätte. Ich hielt die Hand an meinen Kopf. In meinem Denkschädel war was, das nervte wie eine Mücke. Im Haus war irgendetwas merkwürdig gewesen. Ich kam aber nicht drauf.

Malik sagte: „Jetzt kann nur noch der Melonenschatz helfen!“

„Was?“, fragte ich mürrisch.

„Sie kann hellsehen, *yesplies*!“

Ich seufzte über diesen typischen Malik-Quatsch.

Kurze Zeit später sah ich ein Mädchen mit weißem Kopftuch und schwarzem Kleid, das dabei war, Melonen zu einer Pyramide auf ein Tuch zu stapeln. Ich kannte es. Letztes Jahr hatte ich es auf der Suche nach Aische getroffen.

„Hey Melonenmädchen!“ rief ich. „Bist du wieder gesund?“

Letztes Jahr hatte es ausgesehen wie ein Gespenst, dauernd gehustet und grüne Brocken gespuckt. Jetzt hatte es rosa Wangen und ein Lächeln.

„Jonny!“, rief es erfreut und strich mit der rechten Hand über das weiße Kopftuch. „Ja, kerngesund! Wenn du nicht gewesen wärst! Dein Armreif hat mir das Leben gerettet. Der Arzt hat damals gesagt: ‚Das war fünf vor zwölf!’ Vielen, vielen Dank!“

„Oh, eine Stimme aus Blüten und Samtlingen, meine Rascha, *beisewäi*!“, säuselte Malik und begann, ein Lied zu trällern.

Ich sah Raschas rote Wangen noch röter werden. Sie war Maliks Melonenschatz? Malik machte sich von mir los und überreichte ihr das vertrocknete Gebüsch aus Blumen.

„Helle Hellseherin Rascha, bitte, bitte hilf uns!“, leierte Malik und schnüffelte an dem Mädchen herum.

Mann, der nervte. Aber das Melonenmädchen lachte nur, und strich Malik über seinen frisch geschorenen Kopf.

Ich dachte plötzlich daran, wie sie damals beim Abschied mit geheimnisvoller Stimme gesagt hatte: „Du wirst Schweiger finden!“ Sie hatte Recht behalten. Konnte sie am Ende wirklich hellsehen? Eigentlich glaubte ich nicht an so etwas.

„Woher kennt ihr euch?“, fragte ich.

„Von den Melonen, mein lieber Zitronenkapitän!“, quiekte Malik.

„Kapier ich nicht!“, sagte ich. „In dieser Straße habe ich dich noch nie gesehen. Und Malik spaziert auch nicht so oft hier herum!“

Rascha schnitt eine Melone auf und reichte uns ein Stück.

„Taxi-Tim kauft immer bei mir Melonen, wenn er hier bei uns in der Gegend ist. So haben wir uns kennengelernt.“

Aha! Auf dem Weg zu mir und Aische also. Ich ließ den Melonensaft auf meine Zunge tropfen. Malik schlürfte laut. Rascha wandte sich mir zu.

„Und was macht ihr hier?“

„Wir suchen einen Vogel!“

Ich erzählte ihr kurz die Geschichte.

Sie schaute mich mit klaren, braunen Augen interessiert an.

„Seliges Sehmädchen, was weißt du über den Millionenvogel?“, jauchzte Malik.

Nachdenklich schmatzte das Mädchen und schaute von mir zu Malik, und dann fiel ihr Blick auf die piepsende

Schar in einem Baum auf der anderen Straßenseite. Es waren Sperlinge.

„Weißt du denn nicht, wie die Vögel in einem Käfig die Freiheit erlangen?“, fragte Rascha.

Mir fiel die bekannte Geschichte ein von der klugen Nachtigall, die ihr Leben rettete, indem sie sich tot stellte. Mein Onkel Sami hatte sie mir mal erzählt.

„Eine Nachtigall lag auf dem Käfigboden und hat keinen Pieps mehr gemacht. Und dann hat der Besitzer die Käfigtür geöffnet. In dem Moment ist sie rausgeflogen und war frei!“, sagte Rascha nachdenklich.

„Das wollen wir ja nicht hoffen!“, sagte ich genervt. Was sollte der Vogel mit seiner Freiheit in Kairo? Außerdem hatten wir nicht einmal einen leeren Käfig gefunden. Rascha hatte die Augen geschlossen.

„Ich bin sicher, dass euer Vogel zur Zeit nicht singt. Er sucht die Freiheit!“

„Meine Rascha, mein *Äinschel*!“

Ich dachte noch lange an das, was das Mädchen gesagt hatte, aber ich glaubte nicht daran, und als wir später nach Hause kamen, war ich trübe. Was sollten wir nun machen?

Wir saßen auf Hocker und Kiste nebeneinander. Auf Maliks Schoß kroch eins der Hühner meiner Mutter.

Ich schloss die Augen. In meine Nase kroch wieder der Geruch von Feuer. Ich musste an meine Schwester Muna

denken. Sie war in einem Winter an Husten und Fieber gestorben. Einmal wollte ich mich an sie kuscheln, doch sie war eine Wüste geworden. Heißer und immer heißer und trocken. Und dann war sie tot. Unser Schuppen war gefüllt von Klagen. Und mein Vater hatte den Tisch kurz und klein gehauen. Und Muna war schrecklich weg. Dann wurde ich krank. Ich hatte Ohrenschmerzen, tagelang, und hab nur geschlafen. Seitdem ist mein rechtes Ohr taub.

Ich erzählte Malik das alles und musterte dabei die Risse in der Straße, die wie fette Adern aussahen. Plötzlich gackerte das Huhn. Malik hatte es von seinem Schoss geschubst. Empört lief es mit wackelndem Hintern hinter das Haus. Ich scheuchte etwas von meiner Hand, aber da merkte ich, dass das kein Insekt war, sondern dass Maliks Hand nun leicht kribbelig wie Papier auf meiner lag. Das gab mir den Rest. Mit aller Kraft schluckte ich eine Heulkugel runter, die gigantische Ausmaße erlangt hatte. Und dann sah ich Onkel Sami die Straße entlangkommen.

Um seinen Kopf war ein Verband gewickelt. Auf der linken Seite war Blut durchgesickert. Onkel Sami sah müde aus. Seine Sonnenbrille steckte in seinem blauen Hemd, und er roch nach Rauch.

„Tut mir einen Gefallen, verlasst das Viertel nicht. Das wäre zu gefährlich! Der Präsident hetzt Verbrecher mit Knüppeln auf sein Volk."

Ich war zu geschockt, um etwas sagen zu können. Warum tat der das?

„Wahninnlinge, *facksedalts*!", krachte Malik dazwischen.

Onkel Sami hustete lachend.

„Die Kerle des Präsidenten haben überall in Kairo Brandbomben, brennende kleine Flaschen, in die Häuser geworfen, um uns zu stoppen. Aber hier wurden sie heute Nacht von euren Nachbarn gefasst und in den Seifenladen gesperrt!", sagte er mit einem stolzen Lächeln. „Gleich muss ich wieder zurück zu deinem Vater. Es wird noch ein paar Tage dauern. Mach dir keine Sorgen Junis."

Na, der hatte gut reden.

Brandbomben!

Davon hatte ich gar nichts mitbekommen. Ich spürte plötzlich, wie sich eine Gänsehaut über meinen ganzen Körper zog, bis zu den Füßen.

Onkel Sami zog sein Smartphone hervor.

„Verflucht, immer noch kein Netz!“, sagte er. Und zu mir: „Na, mein Himmelblauer? Wie geht es dir? Vogel gefunden?“

Ich erzählte ihm, dass wir jetzt vermuteten, dass er bereits verkauft war. Die Augen meines Onkels vergrößerten sich.

„Nicht schlecht!“

Nach einer Weile spuckte ich aus, was ich mit Onkel Sami besprechen wollte.

Der Onkel hustete und grinste.

„Du hast ein Mädchen?“

Ich wusste nicht, ob das zutraf. Deshalb sagte ich nichts.

„Diese Aische?“

Ich schaute nickend auf die runde Glut der Zigarette, aus der Rauch entfloh, wie ein Geist.

„Nur, was ist zu tun?“, fragte ich.

Onkel Sami schaute mich lächelnd an.

„Schreib ihr ein Gedicht. Das mögen Mädchen! Aber jetzt muss ich los!“

Er zog mich an sich zum Abschied.

„Aber, wie fang ich denn ein Gedicht an, Onkel?"

Onkel Sami lachte.

„Schreib doch von deinem Planetenherz!"

Das Papier hatte großen Hunger. Es wollte alles wissen. „Junis", sagte es, „alles, schreib alles auf!" Und mein Gedicht ging so:

Ich hab ein Planetenherz
dann und wann und Gott hat's gesehen!
Irgendwas fliegt drumherum und leuchtet
um Mars und Merkur und Neptun
in Jonny Himmelblau

VON: mama@skyland.com
AN: jonnyH@gggmail.com
BETREFF: Bericht aus Deutschland 3

Lieber Jonny, lieber Malik, Katastrophe! Absolute Katastrophe! Vielleicht muss ich wieder abhauen. Ich werde diese Mail abschicken! Vielleicht könnt ihr sie ja doch lesen. Helft mir bitte, wenn ihr das lest. Ich weiß zwar nicht wie.

In den Nachrichten sagen sie, dass Flüge nach Kairo abgesagt wurden!! Nichts fliegt nach Ägypten. Weil die Lage in Kairo zu gefährlich sei.

Was soll ich nur tun? In meinem Kopf waren erst nur Wolken und mir wurde schwindelig. Schwarz vor Augen! „Und was ist mit unserem Flug?", hab ich gefragt. Papa laberte etwas von: „... vielleicht besser hierbleiben." „Waaas?", hab ich geschrien. „Niemals!"

Und dann nahm ich meinen Rucksack und bin rausgelaufen. Durch die Tür in das giftiggrüne Treppenhaus. „Komm sofort zurück!", rief Papa mir hinterher in den Hausflur, und ich hörte, wie Tante Mina sagte: „Lass sie!" Sie kennt mich nicht so gut. Denkt vielleicht: Das Kind kommt schon wieder. Ich hab gedacht, es macht mir

nichts aus, wegzulaufen und auf der Straße zu schlafen, das wisst ihr!
Ich bin die Straße entlang gelaufen, an einem Geschäft vorbei. Da hingen große Schilder mit der Aufschrift: „Ägypten ... Rotes Meer ... 1 Woche 399,- €“. Ich bin sofort rein.

Hinten in der Ecke an einem Tisch saß ein Mädchen und hat etwas geschrieben.
Vorn ein Mann, der mich mit riesigen Augen angeschaut hat. „Was willst du?“ „Ich will nach Ägypten, nach Kairo!“, sagte ich in dem Deutsch, das ich in der Schule gelernt hab. Er schnaubte. „Kinder können bei uns nichts buchen. Da musst du mit deinen Eltern kommen!“

Ich hatte Geld dabei. Sogar Dollar, noch aus Kairo. Ich schob ein paar große Scheine über den Tisch, so, wie ich das manchmal bei Papa gesehen habe. Meinen Ausweis legte ich daneben.

„Woher hast du das Geld?“, fragte der Mann. „Das geht Sie nichts an!“, sagte ich und versuchte so hochmütig zu klingen, wie die Stiefziege. „Vorsicht!“, sagte der Mann nun scharf. „Du gehst jetzt mal schön nach Hause zu deinen Eltern, bevor ich die Polizei rufe!“ Er zeigte auf die Tür.

Langsam stand ich auf. Ok, das hast du vermasselt, dachte ich und ging raus, lief die Straße zurück zur Wohnung meiner Tante.

Kurz vor ihrem Haus hörte ich hinter mir eine Stimme. „Warte mal!“ Ich drehte mich um und erkannte das Mädchen aus dem Reisebüro. „Wieso willst du abhauen? Kann ich dir helfen?“ „Verpiss dich!“, zischte ich, aber sie redete einfach weiter. „Ich heiße Arzu, und das heißt Wunsch. Vielleicht kann ich dir helfen! Meine Kusine ist vor zwei Jahren abgehauen. Und keiner hat ihr geholfen. Ich hab sie nie wiedergesehen. Deshalb hab ich auch nie erfahren, warum sie abgehauen ist!“
Arzu sprach das letzte ganz leise. Vielleicht bin ich deshalb stehen geblieben.

Sie hat einen schwarzen Zopf und eine bunte Jacke und trug zwei große, grüne Glitzerohrringe. Und auf einmal kapierte ich, an was mich die Farbe der Eichhörnchen auf dem Baum erinnerte. An die Augen meiner Mutter. Und genauso Augen hat Arzu.

Sie setzte sich auf eine Bank, und ich setzte mich daneben. Erst dachte ich, sie wäre Ägypterin. Aber dann stellte sich raus, dass ihre Eltern aus der Türkei sind. Sie ist die kleine Schwester von dem Typen im Reisebüro. Ich weiß nicht warum, aber ich habe ihr alles erzählt. „Hey, wir können doch auch im Internet Flüge buchen!", sagte Arzu. „Hast du einen Laptop?" Ich zeigte ihr den Tablet-PC und erzählte von meiner Mutter. Arzu machte alles mit, von Traurigkeit bis Lustigkeit. Wir schauten nach Flügen. Arzu wusste genau, wie das ging. Tatsächlich waren Flüge abgesagt. Aber Mittwoch gingen welche! „Ich muss nach Hause!", sagte ich zu Arzu und rannte weg.

Die Apothekerin half mir mal wieder. Ich weiß nicht, was ich ohne sie tun würde. „In zwei Tagen könnten wir fliegen!", sagte sie. Und ich schaute sie fest an. Sie weiß, dass das danke heißt. Sie kennt mich aus den schlimmsten Zeiten.

Irgendeine Stimme in mir sagte trotzdem dauernd: „Aische, pass auf! Noch bist du nicht in Kairo!" Und deshalb freue ich mich auch noch nicht. Und mit meinem Vater rede ich erst einmal kein Wort mehr.

Ich wünschte, ihr wärt hier. Selbst ein Malik-Radio wäre mir jetzt lieber, als dieses komische Deutschland und die zerknitterte Miene meines Vaters.

Hier sieht es gar nicht mehr sauber aus. Ekliges Wetter: Brauner Schnee auf der Straße, wie schmutziger Pudding.

Meiner Tante gefällt, was in Ägypten passiert. „Endlich kommt Gerechtigkeit. Und dann kann ich mal wieder mein Land sehen!“ Da wurde ich hellhörig und platzte raus: „Du kannst doch auch jetzt dein Land sehen! Flieg einfach hin!“, sagte ich. „Nein, so einfach ist es nicht! Dein Ägypten ist sehr ungerecht.“ Ungerecht? Papa meinte nur: „Lass Aische mit deinen Geschichten in Ruh'!“

Da kam wieder ein Anruf für die Tante. Ich bin sicher, sie erzählt es mir irgendwann. Muss sie auch, denn ich kann mir einfach nicht denken, warum sie nicht nach Ägypten fahren darf.
Habt ihr weitergesucht? Ach, es ist sinnlos zu fragen!
Eure Aische

Kapitel 5, Dienstag, als wir eine gefesselte Zitrone fanden und das Kleine-Bisschen-Schlauer zu Besuch kam

Morgens machte mich aufgeregtes Hundegebell wach. Irgendetwas war auf der Straße los.

Ich rannte raus und erkannte laute Motorengeräusche. „Kampfflugzeuge!", sagte der Bügler und zeigte in den hellblauen Kairohimmel. In Richtung Innenstadt. „Muss los! Passt gut auf euch auf!"

Meine Mutter saß auf dem Hocker und verlas Bohnen.

„Aha! Unser feiner Präsident will uns Angst machen!", sagte sie.

Ich atmete tief ein und musste an Muna denken. „Hab keine Angst, Junis! Es wird nichts passieren!", hatte sie gesagt. Und dann war doch etwas passiert.

Ich verscheuchte den Gedanken und schaute in das Sonnenbrillengesicht von Malik, der inzwischen aufgestanden war und sich zu mir nach draußen getastet hatte. Ich sah Doppel-Jonny in den dunklen Gläsern und setzte meine ebenfalls auf. Schon besser!

„So, ihr zwei Geheimagenten, ihr esst jetzt erst einmal etwas!", schnatterte meine Mutter und brachte uns Brot und Oliven. „Und dann werdet ihr Zitronen verkaufen. Vom Schicksein werden wir nämlich nicht satt! Nicht zu glauben, eitler als eine ganze Horde Pfauen!"

Wir beachteten das Gezeter nicht und schmatzten. Langsam stieg die Sonne gegen Mittag, und es wurde wärmer. Überall hockten Menschen auf Kisten auf der Straße und palaverten und tranken Tee. Als hätten sie aus den Häuserwänden kleine fröhliche Teestuben gezogen.

Nur ich war nicht fröhlich. Wo sollten wir nun um Himmels Willen weitersuchen? Die Schimmeltussi konnte überall auf der Welt sein. Ich fühlte mein kreiselndes Herz und ging noch mal alles durch. Da war doch noch etwas merkwürdig gewesen. Irgendetwas dort im Haus.

Grübelübel.

Sie hatte einen Koffer dabei, aber keinen Vogel. Piep, piep, Vogel im Kopf. Das Vogelkopfgefühl hörte nicht auf.

„Vielleicht ist er doch noch im Haus!“, rief ich Malik zu. „Und er singt nur nicht, genau wie es das Melonenmädchen gesagt hat!“

Malik, der gerade wieder eingedöst war, hob abrupt seinen Kopf.

„Hey, hey, immer langsam mit den Kamelen! Was ist los?“

„Malik, der Vogel könnte noch im Haus sein!“, wiederholte ich aufgeregt. „Irgendwoanders, versteckt. Im Dach oder so!“

„Nein, niemals, *newaewa*, ich hab im ganzen Haus kein Piepstirilli gehört! Und jeder Vogel antwortet mir, glaub es mir doch, Zitronenkapitän.“

Er begann als Beweis zu pfeifen, und ein kleines Echo kam vom Dach. Wirklich! Da saßen Sperlinge und zwitscherten.

Ich kratzte meinen Kopf. Klopfte leicht gegen die Haut. „Klingelingeling“, sagte da mein Kopf, „Jonny, fällt dir nichts auf? Moment mal!“ Ich klopfte an Maliks Schulter.

„Du hast gar keinen Vogel gehört? Auch keine Wellensittiche?“

„*Noplies*! Kein einziger Vogel im Haus. Oben nicht, unten nicht, links nicht, rechts nicht! Kapiert, Zitronenschädel, *newaewa*?“

„Das ist es!“, rief ich und sprang auf. Genau das störte meinen Schädel. Das Merkwürdige, auf das ich nicht gekommen war. Malik hätte die Sittiche von Rosa Zitrone hören müssen. Ja, auch ich hätte sie hören müssen. Zumal Malik ja im Flur ein flottes Vogelkonzert hingelegt hatte. Da hätten die doch auf alle Fälle reagiert. Das konnte nur bedeuten, dass die Sittiche nicht im Haus waren. Und überhaupt, wo war die Zitrone, die doch sonst immer alles hörte und dann auf den Flur stürmte wie eine Zitrone auf Beinen? Vielleicht war sie ja irgendwie in diese Sache verwickelt und nun auch weg? Eigentlich traute ich der Zitrone nicht zu, mit der Verrückten gemeinsame Sache zu machen. Nein, so, wie sie beschimpft worden war.

„Wir müssen noch einmal in das Haus! Irgendetwas stimmt da nicht!“, sagte ich zu Malik. „Los, komm!“

Im selben Moment steuerte mich aber der Cafébesitzer von gegenüber an. Mit einem Tablett lief er über die Straße.

„Bringst du das bitte zum Haus der Apothekerin, Junis?“, rief er.

Das passte mir jetzt nicht, aber ich konnte nicht nein sagen. Was würde mein Vater mir dann wieder erzählen. Ich nahm das Tablett. Zehn Gläser mit dampfendem Tee und mindestens zwanzig Stücke Zucker. Meine Augen mussten die Zuckerstücke schon angeknabbert haben.

„Ein Stück ist für euch, ihr Banausen, aber jeder nur eins!", lachte der Cafébesitzer und eilte zurück ins Café.

„Ein zuckriges Stück Zucker auf Maliks Zuckerzunge. Schnell leg's drauf, bevor Malik-Mister sehr schwach wird!", krakeelte Malik.

Ich schaukelte mit dem Tablett, als wäre ich auf einem Schiff.

Malik hängte sich wie eine zusätzliche Einkaufstasche in meinen Arm, und wir schaukelten mit klirrenden Gläsern in kleinen, langsamen Schritten um die Ecke. Ich merkte, wie sich winzige Schweißperlen auf meiner Stirn bildeten, aber da kam uns Gott-sei-Dank der Bügler entgegen.

„Der Tee ist für uns, oder?", fragte er freundlich. Ich musste an Ahmad denken, seinen Sohn, und fragte mich, warum der so gemein und sein Vater so nett war. Ich nickte und übergab dem Bügler das Tablett.

„Trinkt doch einen Tee mit uns!", sagte der.

Abschlagen geht nicht, dachte ich genervt. Also folgte ich ihm, mit Malik im Schlepptau.

Während die anderen den Tee schlürften, schaute ich noch mal schnell nach den Katzen im Garten und nach dem Sperling. Der zwitscherte und sprang wieder gegen die Käfigdecke. Die wunde Stelle an seinem Kopf war noch etwas größer geworden, aber die Flatterei war die eines Profis.

Es wird Zeit, dachte ich auf einmal. Ich nahm das klopfende Vogelkörperchen auf meine Hand und schaute mir die Wunde am Kopf an. Sie war etwa so groß wie eine 25-*Ersch*-Münze. Größer durfte sie nicht werden.

„Heute musst du fliegen!“, flüsterte ich ihm in die Federn und trug ihn in den Garten.

„Meine Ohren hören Flatterlingsgeräusch!“, kreischte Malik von der Straße.

„Garantiert! Heute fliegt der!“, rief ich zurück und hoffte, dass ich Recht hatte. Ich stellte mich ein Stück von der Tamarinde weg und warf den Vogel mit beiden Händen in die Luft. Er schimpfte leise. Erleichtert beobachtete ich aber, dass er mit den Flügeln flatterte und zur Tamarinde flog.

„Malik, er hat es geschafft. Er sitzt auf einem Ast im Himmel!“, schrie ich.

„Bravo, Tierdoktor! Du wirst ein guter Doktor, *yesplies*!“

Malik tirilierte zur Feier des Tages Schama-Melodien. Der Sperling tirilierte zurück. Zwar nicht so adelig, aber begeistert.

„Mach's gut, Sperling!“, rief ich hoch. Ich schaute noch eine Weile in die Baumkrone. Plötzlich zog mich ein ganz anderer Gesang nach vorn zur Straße.

Die Männer standen um Malik herum und klatschten. Wenn Malik sang, war er wie Honig und fast alle anderen Menschen wie Fliegen oder Bienen, die an ihm klebten. Da war sogar mein Wörterwasserfall machtlos. Aber als ich die Fliegenmänner um den singenden Honig so betrachtete, kam mir eine Idee.

Gerade sang er ein Lied, in dem es um Ägypten ging. Und auf einmal wusste ich, wie ich mir das Haus der Zitrone anschauen konnte, ganz ungestört!

Ich wartete ein wenig und zischte Malik zu: „Komm, du kannst später weitersingen!“

Es war schon Nachmittag, als wir am Haus der Zitrone ankamen.

Der Türhüter stand dort mit ein paar anderen Männern, die ich nicht kannte. Als er uns sah, verdrehte er die Augen.

„Was wollt ihr denn schon wieder hier?“, fragte er und machte eine Handbewegung, die uns verscheuchen sollte. „Geht nach Hause Kinder!“

„Nein, warten Sie! Mein Freund hier will euch ein paar schöne Lieder singen. Er ist der Nachfahre von *Umm Kulsum*, ich schwöre! Wenn er singt, dann wollt ihr, dass er nie ...“

Malik unterbrach mich und sang schon los. *„... bist du da, dann lächelt die Welt ...“*

Ich wartete einige Augenblicke. Einer der Männer hatte ein Lächeln, das mich an Onkel Sami erinnerte. Ein Lächelboot. Er stieß einen Pfiff aus, bewegte seinen Kopf, als säße der auf einer Wippe, anstatt auf dem Hals und rief: „Hört euch diesen Jungen an!"

„... *Warum bin ich verzaubert von deinem tödlichen Blick* ..." Er schnippte mit den Fingern. Ein anderer sang mit Malik und trommelte auf dem Stuhl. Davon ließ sich sogar der Türhüter anstecken. Er klatschte und achtete bald schon nicht mehr auf die Tür. Durch die schlich ich mich nun ins Haus.

Im ersten Stock klopfte ich leise. Hielt mein Ohr an die Tür. Nichts. Die Wohnung wirkte gespenstisch leer. Plötzlich hörte ich ein Poltern, so, als ob jemand einen Sack Reis fallen gelassen hätte. Zögernd stieg ich die Treppe hoch, ging an der Wohnung der Stiefziege vorbei. Die Tür war mit einem roten Streifen verklebt. Meine Güte! Der hatte sie versiegelt, wie die Polizei. Nochmal das Poltern. Ich hatte auf einmal das Gefühl, als hätte jemand direkt bei mir angeklopft. Mit der Faust leicht auf meinen Brustkorb und damit das Planetenherz in seiner Umlaufbahn angehalten. Aber der Rest lebte. Deshalb lief ich Schritt für Schritt die Treppe hoch.

Auch diese Wohnung war definitiv leer.

Das ganze Haus gehörte übrigens einem alten Ehepaar, das allein im dritten Stock wohnte. Es vermietete die anderen beiden Wohnungen. Meistens verbrachte das Ehepaar den Winter in Amerika, wo die Kinder und Enkel wohnten. So auch jetzt.

Ich horchte hier an der Tür. Nur Stille und Schweigen war in der Wohnung. Doch dann hörte ich wieder ein Geräusch. Ein Klopfen. Erst dachte ich, es käme aus der Wohnung der Vermieter. Aber dann bemerkte ich, dass gegenüber noch eine zweite Tür war. Sie war schmaler als die Wohnungstüren, fast wie eine Schranktür. Gerade als ich mein gesundes Ohr an diese Tür halten wollte, spürte ich etwas an meinen Beinen.

Mein Atemapparat schaltete für kurze Zeit ab. Doch es war nur Aubergine, die mich gesucht hatte, und Kapitän war ihr hinterher gelaufen. Fröhlich begannen sie zu bellen. Da polterte es hinter der kleinen Tür. Kein Zweifel, da war jemand!

„Psst“, sagte ich zu Aubergine. Ich hielt das Ohr an die Tür und hörte seltsame, gurgelnde Geräusche einer menschlichen Stimme.

„Hallo?“, rief ich.

Das Gurgeln wurde lauter, und nach einer Weile kapierte ich, was der Klang bedeutete. Hinter der Tür war jemand gefangen, mit einer Binde vor dem Mund. Und die Gurgellaute sagten nichts anderes als: „Hilfe!“

Jetzt fing Aubergine wieder an zu bellen, aber aufgeregt, und sie sprang an der Tür hoch, als wollte sie meinen Gedanken unterstützen.

Vorsichtig drückte ich die Klinke runter. Abgeschlossen! Ich musste den Türhüter holen.

Mittlerweile waren noch mehr Leute gekommen, um Malik zuzuhören. Ich stürmte auf den Türhüter zu, der gerade eine Zigarette mit dem Fuß austrat. Er bemerkte mich und grinste mich an. Aber bevor er den Mund aufmachen konnte, redete ich los.

„Sie müssen kommen, da oben ist jemand gefangen, garantiert, Gott hat's gesehen, dass ich da hoch musste, um denjenigen zu finden!“

„Was redest du für einen Quatsch? Bist du schon genauso plemmplemm wie der da?“

Er zeigte auf Malik.

„Nein, verstehen Sie doch, ich schwöre bei meiner Mutter, da oben ist jemand. Hinter der kleinen Tür!“

„In der Dachkammer?“, fragte der Türhüter nun argwöhnisch und schaute das Haus hoch.

„Ja, genau, mein kleiner Hund hat das auch gespürt, und ich schwöre, was der spürt, ist immer wichtig. Was glauben Sie, was der schon alles gefunden hat? Er findet mit seiner Nase eines Tages noch die Wunderlampe von Aladin ...“

„Ist ja gut!“, unterbrach mich der Türhüter. Zu den anderen gewandt: „Hey, Männer, Einsatz!“

Malik hörte auf zu singen.

„Was ist los? Hurraika? *Hörriap*?“, quäkte er.

Die Männer eilten die Treppen hoch, die Hunde hinterher, dann ich.

„Haaalt, Zitronendoktor, ich will mit, *yesplies*!“

Ich ließ Malik sich einhaken. Dann machten wir uns auf den Weg. Ein Stimmendurcheinander hallte im Hausflur.

Ich verstand aber nichts, weil Malik die ganze Zeit „wir haben sie, wir haben sie, die Fliege ist im Netz!“ in mein Ohr leierte. Er schien zu glauben, dass die Stiefziege hinter der Tür war.

Die stand nun offen. Einer der Männer füllte den ganzen Rahmen aus. Ich war so aufgeregt, nun gleich zu erfahren, wen ich da gefunden hatte.

Dann hörte ich ein lautes Klagen. Ich erkannte die Stimme der Deutschen. Gleichzeitig hörte man lautes Tirilieren und Zwitschern von unten. Die Wellensittiche.

Die Deutsche saß in der kleinen Dachkammer komplett eingezwängt zwischen Möbeln, als ob sie selbst ein gelbes, rundes Möbel wäre. Der Türhüter hatte ihr gerade die Binde vom Mund genommen, und sie hustete. Aufgeregt und atemlos berichtete sie dann, und ihr Arabisch verkutzelte sich etwas auf der Zunge.

„Die Verrückte mich überfallen hat und betäubt, als ich gerade wollte aus Kammer Tisch holen! Ich zwischen die zwei Schränke plötzlich klemmte ich fest wie Pu, der Bär. Nicht mehr rauskönnen. Konnte ich mich drehen auf einmal. Stand sie vor mir, die aus zweitem Stock. ‚Du mich nicht lächerlich machen, Verfluchte!‘, hat sie in Ohr gezischt, und dann sie mir ein Tuch vor die Nase gedrückt. Schnell, helfen, schnell, meine Vögel Futter brauchen."

Die hatten nämlich keinen Ton mehr von sich gegeben, seit Rosa Zitrone nicht mehr da war.

Auf dem Heimweg fühlten wir uns fast genauso schlau wie vorher. Das Kleine-Bisschen-Schlauer war, dass wir jetzt wussten, dass die Verrückte den Vogel vorgestern doch noch hatte. Die Deutsche hatte ihn tirilieren hören und bei der Verrückten angeklopft. Aber die hatte ihr nur die Tür gegen die Nase geknallt. Doch die Deutsche hatte Verdacht geschöpft und zwei und zwei zusammengezählt: Sie glaubte, dass die Verrückte den Vogel hatte, den wir suchten. Und genau das bestätigten wir der Deutschen, die nach der Befreiungsaktion zum Arzt ins Krankenhaus in der Syrienstraße gefahren werden musste, weil sie noch blasser als sonst aussah, fast schon wie Schafskäse. Was zumindest das Blasseste war, was ich kannte.

Jedenfalls hatte ich das Gefühl, dass das Kleine-Bisschen-Schlauer nur zu Besuch war und jederzeit wieder abreisen konnte.

Wir wurden immer wieder aufgehalten, denn Maliks Singkünste waren mittlerweile wie durch eine Rundmail im ganzen Viertel bekannt. „Bitte Sänger, gib uns ein Ständchen, sing noch einmal ein Lied!" Deshalb brauchten wir zwei Stunden für den Heimweg.

Und nun saß ich mit dem historischen Tagebuch vor dem Haus, der Tag verduftete, über mir flatterte ein Sperling. Garantiert, Gott hat's gesehen, ich dachte sofort, dass es unser Sperling war. Ich holte ein paar Brotkrumen und legte die auf das Dach. Unser Dach war so niedrig, dass ich drankam, wenn ich auf ein paar Kisten stieg. Dann tat ich so, als ob ich weiterschrieb. Der Vogel kam näher und pickte das Brot. Er war es tatsächlich.

Der Sperling hat ein wenig gutes Gefühl in mich gepumpt und mein Planetenherz angeschoben. Genau wie der Stift die Onkel Sami-Freude zurückbrachte. Aber daneben wohnte die ganze Traurigkeit. Ob der Schama für immer verloren war?

VON: mama@skyland.com
AN: jonnyH@gggmail.com
BETREFF: Bericht aus Deutschland 4

Lieber Jonny, lieber Malik, was ist nur los in Ägypten? Gerade haben wir Häuser in Zamalek *brennen sehen. Im Fernsehen! Ich hoffe, dass es euch gut geht. Aber wir sehen uns ja bald.*

Papa hat versucht, in der Apotheke anzurufen. Das klappte, weil das Festnetz ist. Aber niemand war da. Das hat die Apothekerin auch unruhig gemacht, denn eigentlich müsste die Apotheke geöffnet und mindestens zwei ihrer Angestellten im Laden sein. Sie hat auf Band gesprochen und unsere Festnetznummer bei Tante Mina hinterlassen.

Dann bin ich leise ins Vogelzimmer gegangen. Die Tante hat geschrieben, und die Vögel zwitscherten auf dem Baum in ihrem Zimmer. Es war kalt vor dem geöffneten Fenster.

Die Tante schrieb in Lederjacke und hatte eine Mütze auf. Sie ist wirklich etwas seltsam. Schreibt den ganzen Tag!

Deshalb schreibe ich auch. Das ist ja quasi ansteckend.

Als ich ins Vogelzimmer kam, sagte sie: „Ich weiß, dass du dir Sorgen machst, aber ich glaube, dass es im Fernsehen schlimmer aussieht, als es ist!“ Wie soll denn das gehen? Aber die Tante sagte nichts mehr. Sie plante ein Abschiedsprogramm für uns bestehend aus Schwimmbad, Eis essen und Kino und Pizza. Ich hab gefragt, ob eine Freundin mitkommen kann. „Klar“, sagte die Tante. Ich bin schnell ins Reisebüro und hab Arzu abgeholt.

Und dann kam eine Freundin von Tante Mina. Erst dachte ich, dass wir einen Mann abholen. So eine Frau hatte ich noch nie gesehen! Groß und kräftig wie ein Fußballer war die. Echt! Und einen Anzug trug sie auch noch. Komische Frauen gibt es hier! Ich schaute mich in der Eisdiele um. Am Nachbartisch saß eine mit Kleid und langen Haaren. Aha, nicht alle Frauen verkleiden sich also! Aber die nennen das ja Stil hier! Die Freundin heißt Meike und leitet einen Kindergarten um die Ecke. Sie lud mich ein, sie einmal zu besuchen, wenn ich wiederkomme.

Na ja, aber erst einmal komme ich nicht wieder. Oder vielleicht doch?

Diese Meike begrüßte mich übrigens mit den Worten: „Ach, du bist die Heldin! Sehr erfreut!“ Sie lachte nett. Abends haben wir Arzu nach Hause gebracht. Zum Rei-

sebüro, oben drüber wohnt sie. Ich habe Tschüss gesagt, weil wir ja morgen nach Hause fliegen.

Deutschland ist ein merkwürdiges Land.

Ein bisschen schade finde ich es, dass ich Arzu nicht mehr sehe. Ihr würdet sie mögen, schätze ich. Jetzt sitze ich im Vogelzimmer. Der Schama sitzt über mir. Meine Finger trappeln, und er singt.
Eure Aische

Kairo während der Revolution
Jagd

VON: mama@skyland.com
AN: jonnyH@gggmail.com
BETREFF: Bericht aus Deutschland 5

Jonny, Malik, ich sitze in der Falle! Papa hat mich reingelegt! Ich hab's ja gewusst.

Die Stiefziege hat ihn für immer verseucht!

Gestern Nacht hörte ich ein Gespräch zwischen der Apothekerin und Papa. „Es ist besser, Mina behält sie hier!", sagte Papa gerade. „Ich fürchte, es wird kein leichtes Leben in Ägypten für sie geben. So frei wie sie hier herumläuft, kann sie das in Kairo nicht mehr!" „Aber du willst sie doch nicht gegen ihren Willen in Deutschland lassen?", hakte die Apothekerin nach.

Ich merkte, wie mir schlecht wurde. Ich kam mir vor wie mitten in einem Kreisel, der sich drehte in einer Geschwindigkeit, dass mir fast schwarz vor Augen wurde.

„Das verstehst du nicht!", sagte mein Vater. „Deine Kinder sind in den USA und in Sicherheit!" „Und was ist mit dem Flugticket?", fragte Tante Mina. Mein Vater sprach so leise, dass ich es fast nicht verstanden hätte. „Es gibt kein Ticket für Aische!"

Der Kreisel explodierte. „Es gibt kein Ticket für Aische!“ Mein Vater hat Phasen, in denen sein Gehirn aussetzt. Warum sonst hatte er die Stiefziege damals geheiratet?

Also bin ich raus aus der Wohnung, als alle schliefen. Und mit der Straßenbahn zum Bahnhof. Es war sehr leicht. „Am Automaten bekommt man eine Karte, und dann kann man direkt zum Flughafen fahren!“, hatte Arzu gesagt. Es hat nur eine halbe Stunde gedauert, und dann bin ich zum Egypt Air-Schalter gegangen und habe dort gewartet.
Es dauerte nicht lang. „Na Mädchen, wo wollen wir denn hin, so mitten in der Nacht!“ Zwei Polizisten standen auf einmal hinter mir. Ich sagte nichts. Deshalb wussten sie nicht, was sie mit mir machen sollten. Dann haben sie mich mitgenommen. Aber ohne Handschellen.

Ich warte. Ich habe auch rumgeschrien, aber das nützte nichts. Und jetzt schweige ich, weil ich das am besten kann und so alles erreiche. Die Polizei will rauskriegen, wo ich wohne, ich habe es aber nicht gesagt. Ob ich jemals noch mal spreche, weiß ich nicht! Mein Geschreibsel können sie ja nicht lesen. Arabisch spricht hier keiner.
Eure Schweigerin

Kapitel 6, Dienstag und Mittwoch, als ein Leichennest gerufen wurde und ich Geschäfte mit Ahmad machte

In der Nacht, nachdem wir die Deutsche zwischen zwei Schränken eingequetscht gefunden hatten, hörte ich eine Stimme in unser Fenster zischen.

„Leichennest!"

Durch diesen Gruselschock wurde ich natürlich hellwach. „Zum Teufel mit der Revolution!", schimpfte ich meine Bettdecke an. „Es wird alles immer schlimmer!" Von draußen starrte ein geschorener Schädel mich an.

„Bleib mal cool! Was ist? Kommst du?"

Der Schädel gehörte zu Ahmad, und das Leichennest gab es auch nicht! Ich hatte mich verhört, stellte ich einigermaßen erleichtert fest. Dennoch war ich alarmiert.

„Los, Weichlingpest, ich muss mit dir reden!"

Eine Gefühlsmulmigkeit schob sich in meinen Magen, wie wenn ich etwas Schlechtes gegessen hatte. Und dort traf sie auf die Reste von *Basbussa*, das meine Mutter gestern für uns gemacht hatte. *Basbussa* war ein Griespudding mit leckerem Sirup. Und er war nicht besonders teuer, deswegen gab es ihn bei uns öfter. Wogegen ich aber nichts hatte.

Was wollte Ahmad schon mit mir bereden? Ich überlegte kurz, ob ich Malik wecken sollte. Oder meine Mutter. Aber dann ließ ich es, zog mir mein neues Hemd über, steckte das Smartphone in die Brusttasche und schlich vor die Tür.

„Was führt ihr da im Schilde?“, hörte ich eine Stimme von der anderen Straßenseite flüstern. Es war nicht der Bügler. Ich erkannte den Lebensmittelhändler von der nächsten Querstraße.

„Mann, lass uns in Ruhe, ich muss Junis was geben!“, zischte Ahmad zurück, und in das Mulmigkeitsgefühl in meinen Magen schoss wie eine Pistolenkugel Erstaunen. Ahmad nannte meinen richtigen Namen!

Das hatte ich lange nicht mehr gehört. Früher, als wir noch Freunde waren, nannte er mich immer Junis. Bevor ich ihm die Tour mit den Sperlingen vermasselt hatte. Ich ging dazwischen, als Ahmad gerade dabei war, welche mit bloßen Händen einzufangen. Jetzt aber hörte ich so verblüfft meinen Namen aus seinem Mund, dass der gesamte Wörterwasserfall seinen Rückzug antrat, und ich ihn anstarrte.

„Ich hab Informationen. Über die, die du suchst!“, keuchte Ahmad, und jetzt sah ich, dass er mit nacktem Oberkörper vor mir stand und um seine Schulter ein weißer Verband gewickelt war.

„Was willst du?“, fragte ich misstrauisch.

Ahmad hielt das Foto hoch, das ich verloren hatte. Ich griff danach, aber er zog den Arm mit Foto nach hinten.

„Da staunst du was? Lag vor eurem Haus auf der Straße. Ich weiß, wo du diese Perücke auf zwei Beinen findest!"

Das hallte wie ein Donnerschlag in mein Ohr.

„Was gibst du mir, wenn ich dich hinführe?"

Ahmad kam näher, und ich fühlte seinen Atem an meinem Hals. Ich schob ihn von mir weg und setzte mich auf die Kiste.

„Such dir jemand anderen zum Reinlegen. Ist nicht mein Tag heute!", sagte ich und versuchte möglichst gelangweilt zu klingen.

„Mann, Weichlingpest, ich hab sie genau gesehen. Mit einem Vogelkäfig!", sagte Ahmad, und sein Ton klang gellend. „Ich weiß doch, dass ihr die Alte sucht, du und dein bescheuerter Jaulfreund!"

Ahmad schien also nichts von Maliks Singkünsten zu halten. Die *Basbussa*-Mischung in meinem Magen gefror, denn ich kapierte, dass Ahmad die Wahrheit sagte.

„Was willst du haben?", fragte ich also lauernd.

Er glubschte auf die Brusttasche meines Hemds.

Nicht das Smartphone!, dachte ich unglücklich.

„Das Smartphone, und ich und ein paar Kumpels helfen dir, sie zu schnappen!"

Im Grunde hatte ich meine Entscheidung sofort getroffen. Ich hatte ja noch das alte Handy. Trotzdem sagte ich: „Ein paar Stunden Bedenkzeit!"

„Überleg nicht zu lange, Weichlingpest, sonst ist sie am Ende von den Türhütern geschnappt, weil wir denen einen Tipp geben!“, sagte Ahmad, und ich konnte sein gehässiges Grinsen auf meinem Gesicht spüren.

„Ich sag dir: Nicht nur du bist auf die Alte scharf!“

Ich ging wieder ins Bett und dachte an Aische. „Dieser hirnlose Wattefresser. Dem puste ich die Warzen vom Kinn. Warte doch mit der Aktion, bis ich zurück bin!“, würde sie vielleicht sagen. Aber ich traute Ahmad zu, dass er seinem Vater von dem Versteck der Verrückten erzählte. Und dann war der Vogel vielleicht verloren.

Nur, wie sollte ich Onkel Sami das mit dem Smartphone erklären? So ein Onkelgeschenk setzte man nicht leichtfertig aufs Spiel. Mein Denkschädel kollabierte fast, so sehr beschossen sich die Gedanken. Da kam ein letzter, sehr erfolgreicher Gedanke ins Spiel. Leichtfertig? Was hieß hier leichtfertig? Ich konnte Onkel Sami das sehr gut begründen. Ja, es war ein schwerwiegender Anlass, der mich zwang, Ahmad mein Smartphone zu überlassen!

Am Morgen war meine Mutter wieder sehr geschäftig.

„Junis, du und dein schnarchender Freund, ihr bleibt heute im Haus! Ich werde ein paar Nachrichten einholen gehen! Esst euch satt und wartet, bis ich zurück bin!“, sagte sie und wehte im roten Kleid wie ein Feuersturm raus auf die Straße.

Sofort fiel mir Ahmad ein, und ich wusste, dass ich leider nicht das tun konnte, was meine Mutter wollte. Ganz im Gegenteil. Und ich musste vielleicht sogar den großen Stubenarrest Ägyptens durchbrechen.

Ich stand auf, erzählte Malik in Windeseile alles, und als er kurze Zeit später aus der Tür trat, vollkommen angezogen und „hopp, Zitronenkapitän, *hörriap*!“ sagte, stand uns niemand mehr im Weg.

Ich hätte nie gedacht, dass ich einmal mit Ahmad und seinen Kumpanen gemeinsame Sache machen würde. Ok, Ahmad ließ sich dafür bezahlen, aber trotzdem hatte ich das Gefühl, dass eine Veränderung in ihm vorging.

Auf dem Weg zur Unterkunft der Verrückten nannte er mich zwar noch immer Kaiser Weichlingpest und Malik eine Jaulkanone, aber er faselte auch was von „wir sind doch alle Ägypter“. Ich weiß nicht, was ihn zu dieser Erkenntnis gebracht hatte.

Ahmad hatte seine Freunde zusammengetrommelt, und das waren diesmal nur drei: Munzer, Abdelnasser und Tarik. Die anderen zwei durften nicht mehr aus dem Haus. Es hatte nämlich eine Schlägerei von Polizisten und Demonstranten auf der Hauptstraße in *Zamalek* gegeben. Großspurig wie die Kumpanen nun mal waren, hatten sie versucht mitzumischen. Einige von ihnen hatten Polizistenprügel einkassiert. Abdelnasser, der längste von denen, dessen Gesicht zur Hälfte aus Mund bestand, hatte eine dicke Beule am Kopf und darauf ein Pflaster. Tarik hatte wie Ahmad einen Verband an der Schulter, der von Stunde zu Stunde dreckiger wurde. Nur Munzer, der so klein war wie Malik, schien unversehrt zu sein und grinste mich die ganze Zeit unverschämt an. Als wollte er sagen: „Siehst du, wie du uns brauchst!"

Bevor wir losgingen, machten wir einen Plan, wie wir die Verrückte, die Ahmad „Perückte", nannte, überwältigen konnten. Wir hockten uns an unsere Hauswand, da, wo der Esel stand. Ich platzte fast vor Neugierde. Erst wurden wir uns nicht einig. Ahmad wollte die Perückte aus der Wohnung locken und dann mit einem Messer bedrohen. Das war mir aber nicht geheuer.

Beinahe platzte die ganze Sache.

„Typisch Weichlingpest. Mit dir ist Ägypten wirklich nicht zu retten!", sagte er und haute mir seine Tüte mit Seilen vor die Füße und tat so, als ob er sich in Richtung Büglerwerkstatt wegbewegte. Die anderen drei standen auch auf.

Vielleicht fiel Ahmad in dem Moment das Smartphone ein, denn er drehte sich wieder um.

„Ok, taube Nuss, ich hab 'ne andere Idee!"

Und die gefiel mir besser. Außerdem konnte ich die Jungs tatsächlich für unsere besonderen Tricks begeistern. Meine Wörterwasserfall-Zunge und Maliks *Umm Kulsum*-Gesang mit Zauberstimme.

Es war ja wohl klar, dass ich nicht mit Ahmad und seinem Gefolge allein los wollte.

Ich holte also Zitronen, weil das Teil des Plans war. Die Hunde verfrachtete ich in den Garten. Dann zogen wir los. Zu sechst auf dem Eselwagen, Malik und Munzer saßen neben mir. Die anderen machten sich zwischen den Zitronen Platz.

Der Tag war wieder blitzeblau. Meine Laune war festlich, denn die Besprechung mit den anderen, das Planmachen, hatte am Ende richtig Spaß gemacht. Insgeheim freute ich mich, die Perückte, die mich so bescheuert behandelt und Aische fertiggemacht hatte, so richtig dranzukriegen.

Problemlos kamen wir über die Brücke. Wieder war die Straße leerer als gewöhnlich. Kurz vor dem Ende der Brücke, da, wo der Weg sich teilte und man rechts abbiegen musste, um nach *Zamalek* zu kommen, war eine Sperre bestehend aus olivgrünen Soldaten und ihren Autos.

„Oh!", sagte ich. „Jetzt gibt es die erste Aufgabe für Jonny Himmelblau! Malik, Klappe halten, egal, was passiert!"

Malik schnaubte empört.

Natürlich hatte ich mir als Jonny, der das Blaue vom Himmel reden konnte, eine gute Ausrede überlegt. Zumindest etwas, das mit viel Fantasie zu einer Geschichte ausgeschmückt werden konnte.

„Na, Jungs, wo wollt ihr denn hin?“, fragte ein Soldat freundlich. „Der Weg in die Innenstadt ist gesperrt!“

„Nur nach *Zamalek*, mein Herr“, sagte Ahmad, und das „mein Herr“ in einem sehr forschen Ton, so, als hätte er „Sie Idiot“ gesagt.

„Nicht so vorlaut, Bürschchen! Was habt ihr dort zu suchen?“

Ahmad verdrehte die Augen. Ich ging dazwischen.

„Darf ich mich vorstellen: Jonny, der Sohn des Zitronenhändlers Mahmud. Wir beliefern das Palasthotel, weil wir die besten Zitronen Kairos haben. Sie wissen doch, für die Ausländer muss immer das Beste her. Schauen Sie doch mal!“

Ich hatte eine Zitrone in die Hand genommen und hielt sie dem Soldaten hin. Der unterbrach mich und kickte die Zitrone mit dem Gewehr durch die Luft. Zwei andere stocherten nun mit den Gewehren in den Zitronen rum, als suchten sie was. Der erste fixierte uns dabei mit einem starren Blick. Als wäre sein Blick ein Griff, mit dem er mich festhielt, konnte ich den Kopf nicht bewegen und die Zunge auch nicht. Dann wollten die Soldaten auch noch Blicke in die Taschen werfen, besser gesagt in Maliks Tüte.

„Ah, was haben wir denn da?“, sagte der erste nun interessiert, als einer der anderen das Messer aus Maliks Tüte zog. „Braucht ihr das auch im Palasthotel?“, fragte er scharf.

Da kam meine Zunge wieder in Bewegung.

„Natürlich nicht nur dort, mein Herr!", sagte ich. „Damit ich auch unterwegs jedem jederzeit zeigen kann, wie einzigartig die Zitronen von innen aussehen!"

Und zum Beweis nahm ich dem einen das Messer von Malik ab und halbierte damit eine Zitrone. So, als ob ich sie ihm verkaufen wollte, legte ich los. „Wunderbar saftige Kammern, wie die Gärten des Sultans von Akaba. Ein Mond voller Aroma. Der Geruch vertreibt Kummer und Sorgen, mein Herr. Garantiert, Gott hat's gesehen. Hier, riechen Sie, riechen Sie!", sagte ich und hielt ihm die Hälfte unter die Nase.

„Schon gut, schon gut, Junge, ich glaub es dir!", sagte der Soldat genervt und ließ uns durch. „Es geht aber rechts runter, verstanden!", rief er uns hinterher.

Aber klar!

Nun konnte niemand mehr uns *Kings* auf unserem Höhenflug aufhalten. Wir landeten stolz und erhaben auf der Hauptstraße von *Zamalek*, die eine zweigeschossige Straße war. Die obere führte in die Innenstadt. Und die untere durch *Zamalek*, einen Inselstadtteil. Hier wohnten viele Geschäftsleute und Ausländer aus aller Welt. Deshalb gab es auch so viele Geschäfte mit Sachen, die nur Ausländer und Reiche interessierten, zum Beispiel Tassen mit Mustern und Salatschüsseln und sehr viele Friseurgeschäfte. Aber auch Botschaften gab es, und einen Palast.

Doch da wohnten auch nur Ausländer, denn der Palast war ein Hotel geworden.

Mittlerweile war es Nachmittag, wir hatten Hunger.

„Los, Weichlingpest, gib uns was zwischen die Zähne, sonst können wir die Alte nicht zerrupfen!“

Ahmads wohlbekanntes Gelächter folgte.

Ich hielt den Wagen an. Ahmad sah mein genervtes Gesicht.

„War nur ein Scherz, Mann!“

Und schon wühlte er in der Hosentasche nach Geld. Was war denn in den gefahren? Hatte er ein Freundlichkeitsmittel in den Tee bekommen heute Morgen? Die anderen taten es ihm gleich. Langsam wurde ich misstrauisch. Was ging hier vor sich? Wenn Ahmad auf einmal so nett war, uns sogar etwas ausgab, konnte das womöglich bedeuten, dass er uns irgendwie reinlegen wollte.

Malik schien das alles nicht zu stören. Er kramte in seiner Plastiktüte und zog einen kleinen Schein hervor. „Ein *Taameya* bitte, *yesplies*!“, kicherte er und wedelte mit dem Scheinchen.

Ahmad sammelte das Geld ein und sprang vom Zitronenwagen.

Mein Denkschädel startete seine Programme. Woher diese Freundlichkeit plötzlich?

„Weichlingspest, mach nicht so ein Gesicht. Wir sind doch alle Ägypter!“, rief er wieder.

Ich nahm mir vor, auf der Hut zu bleiben, und beobachtete, wie Ahmad und das Geld in einer Gasse verschwanden.

Einige Zeit später kam er mit einer großen Tüte mit Wasser und sechs Portionen *Taameya* zurück. Nachdem wir uns satt gegessen hatten, kam das eigentliche Geschäft. Ahmad lotste uns in eine der kleinen Straßen *Zamaleks*, in der es mehrere Friseurläden gab. In der Nähe eines dieser Läden hielt ich den Wagen an.

„Hier wohnt sie!“, flüsterte Ahmad.

Es war ein schmales Haus mit einer blauen Tür direkt neben einem Friseur. Daneben war ein Café, aber es hatte geschlossen. Kein Türhüter war zu sehen. Überhaupt war die Straße verlassen, als wären die meisten Bewohner verreist.

„Hier wohnen fast nur Ausländer, und die sind abgedampft!“, behauptete Ahmad.

„Wieso abgedampft?“, fragte ich, aber dann fielen mir die Brandanschläge ein, von denen Onkel Sami erzählt hatte. Nur war in dieser Straße nichts davon zu sehen.

Ich rief: „Zitronen, beste Zitronen von ganz Kairo, garantiert mit dem Duft des vollen Mondes!“

Ahmad und seine Kumpanen verzogen die Gesichter. Im obersten Stockwerk des Hauses mit der blauen Tür ging ein Fenster auf.

Hurra!

„Ein Kilo, komm hoch Junge!“, rief eine Frau mit einem Handtuch um den Kopf und verschwand wieder. Summend ging die Tür auf, und Ahmad und ich schlüpften rein. Jetzt darf die Perückte nicht kommen, betete ich! Ich war so aufgeregt, dass meine Hände zitterten und ich beinahe auf der Treppe gestolpert wäre.

Im obersten Stockwerk stand die Frau im Bademantel in der Tür. Sie nahm mir den Beutel ab und drückte mir einen Schein in die Hand.

„Entschuldigen Sie!“, sagte ich. „Ihre Nachbarin im ersten Stock wollte auch noch ein Kilo. Könnten Sie es nehmen?“

„Für die?“, kreischte die Frau. „Der tu ich gar keinen Gefallen! Es wird Zeit, dass dieses irre Weib wieder aus unserem Haus verschwindet. Die gehört da auch gar nicht rein. Aber was sag ich dir. Verschwinde!“

Und dann schlug sie mir die Tür vor der Nase zu. Ich war verblüfft. Ahmad hatte wirklich Recht gehabt! Der hatte sich im zweiten Stock versteckt und kam nun hoch.

„Na, was habe ich dir gesagt?“, flüsterte er. „Sie ist es! Aber sie ist nicht zuhause!“

Bevor wir das Haus verließen, befestigten wir ein Tau an dem Treppengeländer im obersten Stockwerk.

Jetzt mussten wir warten, bis sie kam. Wir zogen den Zitronenwagen die Straße runter vor einen Laden mit bemalten Tontellern. „Closed“ stand dran.

„Guter Platz!“, sagte Ahmad.

Er und seine Kumpanen organisierten sich Kisten zum Sitzen. Malik und ich saßen auf dem Zitronenwagen. Ab und zu verkaufte ich ein paar Zitronen. Es war wirklich wenig los. Als es dunkel wurde und die Straße aussah, als wären alle Menschen mit einem Riesenbesen weggefegt worden, begann ich zu zweifeln.

„Und was ist, wenn sie nicht kommt?“, zischte ich zu Ahmad runter.

„Mann, das ist eine Observierung, du Bücherregal. Du müsstest eigentlich wissen, dass so was Tage dauern kann!“

Observierung!, dachte ich verächtlich. Der spielt sich ganz schön auf!

Malik begann zu meckern.

„Ich bin müüüde! Malik-Mister muss schlafen, lieber Tierdoktor!“

Sein Kopf fiel in meinen Schoß, und er begann sofort zu schnarchen.

„Hey, nicht einschlafen! Das kannst du unter dem Wagen machen!“

Ich half Malik runter, und wir hockten uns unter den Zitronenwagen. Malik fiel wieder in meinen Schoß und schnarchte. Ahmad und Konsorten blieben auf ihren Kisten sitzen.

Irgendwann hörte ich Ahmad flüstern: „Achtung, sie kommt!“

Ich weckte Malik und schaute unter dem Wagen hervor. Eine Frau mit dicken, blonden Haaren zog ein Kind hinter sich her.

„Die, die ich suche, ist rothaarig!“, flüsterte ich.

„Weichlingpest, streng deinen Schädel an! Meinst du vielleicht diese Perückte hat nur eine davon?“

Die Frau drückte die kleine, blaue Tür neben dem Friseurgeschäft auf.

„Au! Lass mich los, ich geh allein!“, jammerte der Junge.

„Komm jetzt, du Bastard!“, keifte die Frau.

Ich bekam eine Gänsehaut und spürte auf einmal etwas an meinem Arm. Sie war es! Diese Stimme kannte ich. Und den Griff auch!

„Sieh an, sieh an! Jetzt hat sie auch noch ein Kind entführt!“

Ahmad schüttelte den Kopf.

„Na warte, das haben wir gleich!“

Malik und ich krabbelten unter dem Wagen hervor, duckten uns aber gleich wieder, denn im Stock über dem Friseur ging das Fenster auf und die Perückte schaute raus. Dann schloss sie das Fenster wieder, und wir schlichen uns zur blauen Tür.

„Wie kommen wir denn jetzt rein?“, fragte ich mit einem quäkenden Ton in der Stimme.

„Dreimal darfst du raten, Gummistimme!“

Die anderen johlten leise. Von denen war keiner im Stimmbruch. Wartet es nur ab, dachte ich wütend. Ihr werdet auch noch piepsen und quieken.

„Mann, ich denke, du hast so viele Hirnzellen!“, höhnte Ahmad und holte einen Draht aus seiner Hosentasche. Geschickt öffnete er die Tür und die anderen hielten Wache.

„Wieso kann die Stiefziege sich in dieser Wohnung verstecken?“, flüsterte ich.

„Weiß ich nicht, frag nicht so viel!“, nörgelte Ahmad. „Und jetzt geht es los!“

Ahmad und ich zogen Sonnenbrillen auf. Munzer, Abdelnasser und Tarik nahmen einen Beutel Zitronen. Malik sollte unten bleiben und eventuell auftauchende Leute mit seinem Gesang ablenken. Ahmad füllte einen Eimer mit Wasser aus Flaschen, die wir zuhause abgefüllt hatten.

Dann ging ich mit ihm die Treppe hoch und klopfte an der Tür. Mein Herz hämmerte gegen den Brustkorb. Ahmad stapfte mit dem Wassereimer eine Treppe höher.

„Wer ist da!“, keifte eine Stimme nach einer Weile durch die Tür. Die Perückte!

Erst schien es, als wäre meine Zunge gelähmt, dann aber wurde sie zur Rutsche für den Wörterwasserfall.

„Ist da die Nichte von König Faruk? Wir sind vom ägyptischen Sender des Präsidenten persönlich und wollen einen Fernsehbeitrag über Sie bringen! Sie könnten uns doch sehr viel über Ihre Geschichte erzählen und über Ihren Onkel ...“

Ich hörte Gerumpel und ein Klacken des Schlüssels. Die Tür öffnete sich. Ich sah ein Gewehr, und ab da verwandelte sich die Zeit in eine Überschallrakete. Es war so, als hätte jemand unsere Stunden schneller ablaufen lassen.

Mit einem Gewehr hatten wir nicht gerechnet!

Gleichzeitig kam von der Treppe ein Wasserfall ohne Wörter. Mit lautem Klatschen landete er auf dem Kopf der Perückten. Dieser Ahmad konnte zielen! Ich kriegte auch ein bisschen ab. Die Perückte schaute hoch. Ich hörte Ahmads Höhnen.

„So sieht sie also aus, die Nichte des Königs, wie eine nasse Katze von der Straße!"

Ahmad-Gegröle!

Das Gelächter vervielfachte sich geisterhaft durch die Jungs unten.

Die Stiefziege schnaubte.

„Na warte, du Missgeburt", keifte sie hoch.

Und, als ob ich ihr egal wäre, raste sie an mir vorbei. Ich wusste, dass Ahmad in den obersten Stock lief und sich von dort abseilte.

Ich lief durch die Wohnung. Mein Plan war: den Vogel holen und schnell wieder raus. Mit dem Wohnungsschlüssel. Wenn dann die Perückte zurückkam, wollte ich sie in der Wohnung einschließen.

Doch alles kam anders. Nichts ging schnell!

Ich hörte einen Schuss. Das Gewehr der Stiefziege.

Irgendein Gedanke sagte mir: „Abhauen!" „Aber nicht ohne den Vogel!", sagte ein anderer wütend.

In einer Ecke der Wohnung saß der Junge. Und jetzt wusste ich, woher ich ihn kannte. Ich hatte ihn mal auf einer Nachttour mit Malik kennengelernt. Er hatte mit einem Hammer an der Straße gesessen und jeden damit bedroht, der ihm zu nahe gekommen war.

„Was machst du hier?", fragte ich. „Raus hier!"

Vom Flur kam Getrommel. Die Perückte schrie, und man hörte ein Gerumpel. Ich wusste, dass die anderen sich nun mit Zitronen bewaffnet hatten und hochliefen, und ich hörte, wie die Zitronen gegen die Treppe trommelten und platschten. In diesen Hagel lief hoffentlich gerade die Perückte und stolperte und kullerte mit den Zitronen die Treppe runter.

„Aua, ihr Bastarde!", kreischte ihre Stimme. „Hört auf!"

Unterdessen fand ich den leeren Käfig mit offener Tür.

„Hast *du* den frei gelassen?", fragte ich den Jungen.

Ich befühlte den Skarabäus, doch der war gar nicht mehr da, wo er sein sollte. Eine eiskalte Brise wehte durch meinen ganzen Körper. Hatte ich den nun auch verloren? Das Glück flog wohl hinter dem Schama her.

Der Junge schüttelte den Kopf, zeigte auf die Tür und sagte: „Nein, die!"

Ich sah, dass er weinte.

„Ich hab nichts gemacht. Er lag tot im Käfig. Da hat sie mir eine geknallt. Dann wollte sie den Vogel rausholen und hat die Käfigtür aufgemacht!"

In meinem Kopf leuchtete das Bild des Melonenmädchens auf. „Weißt du denn nicht, wie die Vögel in einem Käfig die Freiheit erlangen?", hatte sie mich gefragt.

„Und dann ist er herumgeflogen und zum Fenster raus, weil er gar nicht tot war, nur schlau."

Genau wie es das Melonenmädchen gesagt hatte! Das war ja mal wieder eine echte Unheimlichkeit!

Der Junge heulte immer noch, und Tränen und Nasenschleimspuren zeichneten ein Muster auf sein schmutziges Gesicht.

„Komm!“, sagte ich hastig, „wir müssen hier raus!“

„Du hast mir gar nichts zu befehlen!“, rotzte der Junge. „Du hast mir meinen ganzen Job vermasselt!“

Ungläubig schaute ich ihn an. Hatte ihm die Perückte Arbeit versprochen?

„Raus hier Kumpels!“, hörte ich irgendwen vom Flur her zischen.

Also ließ ich die Göre in ihrer Ecke sitzen und machte, dass ich rauskam. Die Perückte humpelte und fluchte laut auf der Treppe unter mir. Ich stürzte eine Treppe höher und hörte, wie die Perückte ihre Wohnung erreichte und die Tür verriegelte, die eigentlich ich hatte abschließen sollen.

Doch dann sang Malik. Seine Stimme schlängelte sich von der Straße in den Flur.

„... Oh, du meine schö-hö-hö-ne Nichte, hier spricht dein Onkel Faruk! Schade, dass du verschimmelt bist, und das fü-hü-hü-r i-hi-hi-himmer. Schi-hi-hi-hi-mel! ...“

Er sang den Quatsch mit der Stimme *Umm Kulsums*.

Dann im Schrei ein dumpfer Aufprall, noch ein Schrei, der wie ein langer, spitzer Dolch den Gesang zerschnitt. Etwas krachte. Ich beeilte mich runter zu kommen, doch mir wurde schwindelig, und ich sah auf einmal zitronengroße, gelbe Punkte auf der Treppe. Ich stolperte über die Zitronenmunition, und alles wurde gelb. Und dann schwarz, und ich sprach mit Muna. Sie trug eine Sonnenbrille rund wie Zitronenscheiben und dunkel, wie ihr Haar. „Held der Zitronen, *Schörlock* von Kairo, *dontwerri*!“, sagte sie. „Gleich kommt Hilfe!“

Meine Wangen brannten, als Muna verschwand und Malik in mein Ohr schrie!

„Zitronenkapitän, wach auf! Alles ist gut gegangen. Gleich gibt es Frühstück. Das Parfümbiest ist geschnaaapt, *beisewäi*!"

Aua. Tausend Hände waren dabei, auf mein Gesicht zu klatschen. Ich schaute in tausend Augen und zwei Sonnenbrillengläser. Der Tag war hell wie Zitrone. Oder träumte ich noch?

„Ist ja gut!", sagte ich und rappelte mich auf.

Da stand Malik mit zwei Männern. Der eine sah aus wie Hamdi mit den Schwimmreifenlippen.

„Getsch widder, Junge?", fragte er.

Er trug ein T-Shirt mit dem Aufdruck „Ägypten". Fette, gelbe Buchstaben auf Schwarz, die fast ein wenig blendeten.

„Hier trinksu!", sagte er und reichte mir eine Flasche.

Während das kühle Wasser in mich floss, erstattete mir Malik Bericht.

Er hatte unten gestanden und die Perückte mit seiner Schlangenstimme ans Fenster gelockt und dieses Lied gesungen. Da hat die Perückte das Fenster aufgemacht und ist wie eine Wahnsinnige und mit einem schrecklichen Schrei „ich kriege dich!" auf ihn los gesprungen.

Ein paar Männer, die den Schuss gehört hatten, waren inzwischen zu Hilfe gekommen. Sie hatten einen Krankenwagen gerufen, denn die Perückte hatte sich mindestens fünfzig Knochen gebrochen. In der Wohnung wurde Diebesgut sichergestellt.

„Huhuhu!", jaulte Malik gespenstisch! „Geschnaaappt, geschnaaappt die Stiefziege, Parfümbiest, Perückenhexe, Schi-hi-hi-hi-mel, Schi-hi-hi-hi-mel!"

So langsam brachte das Wasser Klarheit. Ich schaute mich um. Von Ahmad und seinen Kumpanen war nichts mehr zu sehen. Ein Hitzestrahl schoss in mein Gesicht, und ich tastete nach meinem Smartphone.

Ahmad hatte sich seinen Lohn schon genommen.

VON: mama@skyland.com
AN: jonnyH@gggmail.com
BETREFF: Hoffentlich letzter Bericht aus Deutschland

Lieber Jonny, lieber Malik, jetzt ist es Mittwochabend. Ich bin wieder bei Tante Mina. Ich weiß jetzt, dass ich dir wieder Mails schicken könnte, aber ich weiß jetzt auch, dass du kein Handy mehr hast, Jonny! Ich schwöre, wenn ich wieder da bin, werde ich es von diesem Joghurt zurückholen.

Bei der Polizei hatten sie es irgendwann begriffen. Der eine kriegte einen Anruf. „Wir haben hier ein Mädchen, auf das die Beschreibung passt!“, hörte ich ihn darauf sagen. Und dann legte er auf. „Schätze, deine Familie wird bald hier sein! Mädchen, Mädchen, warum wolltest du denn weglaufen?“ Der hat nicht aufgehört mich auszufragen. „Wenn deine Eltern dich schlagen, kannst du es uns wirklich sagen!“

Dann standen auf einmal Mina-Tante und Papa vor mir. Papa schwieg und machte sein Mädchen-du-machst-mir-Kummer-Gesicht. „Was machst du für Sachen?“, sagte Mina-Tante und nahm mein Kinn in ihre Hand und hob so meinen Kopf hoch.

Aber mit dem Reden war es vorbei. Ich war wieder die Schweigerin vom Dienst. Ich wollte auch nicht reden und schaute Papa nicht an. Und dann war da noch jemand, der Papa ausgefragt hat. Und eine Karte hat er ihm gegeben, falls er Probleme mit seinem Kind hätte. So ein Blödsinn! Ich habe Probleme mit meinem Vater und nicht umgekehrt! Was denken die? Aber dann hat Tante Mina den Polizisten alles erklärt.

Papa musste mir erst das neue Ticket zeigen, bevor ich mitgegangen bin. Für morgen ist es! Und mein Name steht drin. Die Apothekerin ist heute schon geflogen. Ich hoffe, es geht nichts mehr schief.

Bei Tante Mina zuhause stellte ich fest, dass Ägypten wieder Netz hat! Eine SMS von dir fand ich auf meinem Handy, das ich liegengelassen hatte. „Na, Klobige Prinzessin, wartest du auf Nachrichten von deinem Diener?“ Die Nachricht fand ich so komisch, dass ich dich anrief. „Jonny, bist du es?“, fragte ich. „Dein lieber Weichlingpest-Jonny liegt am Boden!“, hörte ich. Es war die Stimme von diesem Ahmad-Idioten. Ich ließ einige saftige Flüche fahren und legte auf. Er hatte dein Handy! Mir war sofort klar, er hatte dein Handy geklaut!

Dann rief ich Malik an, sagte, dass ich morgen käme!

Es wird Zeit, nach Hause zu fliegen. Tante Mina hat versprochen, bald zu Besuch zu kommen. „Dann erzähl ich dir, warum ich so lange nicht nach Kairo kommen konnte, ja?“

Zum Abschied stand ich im Vogelzimmer. Der Schama flog auf meine Schulter. Er knabberte mein Ohr an. Und auf einmal kam dieser Gedanke zu mir. Leicht wie Federn schwebte er in meinen Kopf: Egal, was auch passiert, ich werde unseren Schama nie wieder in einen Käfig stecken!
Eure Schweigerin

Kapitel 7, Donnerstag, als Sorgengeier über mir flogen und mein Stift jämmerlich abkratzte

Heute Morgen hatte ich zunächst mit trüben Gedanken auf dem Hocker neben unserer Tür gesessen. Wie sollte ich Aische gestehen, dass der Vogel lebte, aber nicht zurück im Käfig war? Ich las in meinem Gedankenbuch. Genau wie es da stand, war es mit mir: *„... Die Sorgen flogen über mir, wie Geier über einem Kadaver ...“* Da hörte ich auf einmal Schreie. Waren das jetzt echte Geier? Und ich schon tot?

„Zitronenkapitän, ahoi *beisewäi*, die Klobige Prinzessin ist wieder da!“

Die Stimme gehörte zu Malik, der immer noch bei uns wohnte und sich gerade aus dem Haus tastete.

„Nenn mich nicht so, Malik, sonst fetz ich einen Klebstreifen auf deine Klappe, ja?“

„*Noplies*! Du Ungeheuer von einer Dame!“

Nein, ich war nicht tot, aber ich wünschte mich unter die Erde. Aische war im Anmarsch. Weiß der Kuckuck, woher Malik das schon wieder gewusst hatte. Er quakte ohne Pause. Ich hörte nicht weiter hin und lief Aische zögernd entgegen.

„Hi Jonny!“, sagte Aische und klopfte gegen meine Schulter wie eh und je.

Das Planetenherz war wieder da, im freien Fall ohne Landung. Das lähmte meine Zunge. Ich sagte nicht einmal „hallo".

„Was 'n los?", nuschelte Aische und zog die Sonnenbrille ab.

Sie setzte sich auf die Kiste mir gegenüber, und Malik tastete an uns herum und sagte etwas wie: „Komm putt putt, *hörriap*!" Das tat er immer, um die Hühner anzulocken.

„Lass das, du Singhahn!", sagte Aische und wischte seinen Arm weg.

Ich druckste rum. Und dann erzählte ich ihr die ganze Geschichte. Alles, was während ihrer Tage in Deutschland hier passiert war. Von der Perückten bis zum verschwundenen Vogel.

Aisches Gesicht wurde immer mürrischer, und sie zog die Brille wieder auf und die Kapuze über den Kopf. Höchste Alarmstufe!

Malik krabbelte inzwischen mit den Hunden auf dem Boden herum, und die Hühner pickten aufgeregt an seinem Rücken.

Nach einer Weile nahm Aische ihre Brille wieder ab, und ich sah klare, braune Augen. Mit lila Lichtchen. Freundliche Lichtchen.

„Hm, Jonny! Ein Vogel in Freiheit ist besser als zehn in der Hand. Oder besser als im Käfig!"

Das kam mir bekannt vor. Hatte sie das schon einmal gesagt? Und was zum Teufel meinte sie damit?

Und dann gab sie mir ein Bündel Papier.

„Lies vor!“, kommandierte sie.

Es waren Briefe. An Malik und mich gerichtet. Eigentlich waren es Mails, die Aische abgeschickt hatte, die aber nicht angekommen waren. Jetzt hatte sie alle ausdruckt, für uns zum Lesen. Aische hatte in ihnen über Deutschland geschrieben, eine Tante, ein Vogelzimmer, eine Flucht. Und wie sie sich mal wieder durchgesetzt hatte. Die letzten hatte sie mit „Schweigerin“ unterschrieben.

Als ich fertig war, sah ich in Aisches Krisengesicht. Aber sie wollte offenbar doch nicht für immer schweigen.

„Ich weiß nicht, ob ich ihn wieder in einen Käfig sperren könnte!", sagte sie.

„Vogelzimmer, Vogeltante, Tante mit Vogel im Dachstübchen!", keckerte Malik.

Ich musste lachen.

„Und diesem Ahmad werde ich die Hundebeine langziehen!", sagte Aische.

Aber das wollte ich nicht! Ahmad hatte sich das Handy verdient.

Der Tag hätte ein Festtag werden können. Aische war wieder da!

Doch vor zwei Stunden erreichte uns die Nachricht, die meinen Stift abkratzen ließ.

Mein Vater stand auf einmal vor uns. Ohne Turban. Seine *Galabeya* war dreckig, aber er lachte.

„Ha, wir werden gewinnen!", sagte er. „Aber", und dann wurde seine Stimme ernst, „Sami ist verhaftet worden!"

„Oh nein!", jammerte meine Mutter.

„Warum gerade er?", fragte ich entsetzt. Das war eine hinterlistige Attacke gegen mein Pfirsichherz.

„Es sind noch viele andere verhaftet worden, Junis, dein Onkel ist nicht der einzige. Gestern Nacht ist die Regierung auf Kamelen und Pferden über den Tahrirplatz gepprescht und hat zugeschlagen. Die Leute sind in die Seitenstraßen geflüchtet und dort von der Polizei überrascht worden!“

Ich sah Blut vor mir und wie immer, wenn etwas sehr Schreckliches passierte, musste ich an Muna denken. „Hab keine Angst“, würde sie dennoch sagen. „Alles wird gut!“

Ich war nicht sicher!

Alle waren still geworden. Aische, Malik und selbst das Huhn schwiegen. Aubergine fiepte an meinem Bein.

Onkel Sami im Gefängnis. Eine Heulkugel schob sich in meinen Hals.

Ich schaute meinem Vater hinterher, wie er in unserem kleinen Haus verschwand. Von drinnen ertönte ein Siegeslied von *Umm Kulsum*.

„Wie kann er nur singen, dein barbarischer Vater!“, nuschelte Aische.

Mein Buch war voll, und ich wollte nichts mehr schreiben, bis Onkel Sami zurück war.

Kairo nach der Revolution
Im Februar

JONNY
Band 2

Kapitel 8, zwei Wochen später, als ein Lachen zurückkehrte und ein Vogel ein Leben gerettet hat

Gestern Nacht hatte es geklopft. Erst dachte ich, ich sähe ein Gespenst. Und für einen kurzen Augenblick war ich sicher, dass Onkel Sami tot war und nun sein Geist zu uns wollte.

Aber nachdem Onkel Sami dreimal „Junis, mein Junge“ gehaucht hatte, kapierte ich, dass es der lebendige Onkel Sami war. Er sah schrecklich aus. Bleich und dünn, und sein cooles Hemd war in Fetzen gerissen.

Er stürzte sich auf das Essen, das meine Mutter mitten in der Nacht für ihn zubereitete. Es stellte sich heraus, dass sie die Eier hinter dem Haus schon seit Tagen für diesen Fall gehortet hatte.

Schmatzend erzählte er uns immer wieder, wie unvorstellbar schön es war, als die Zellentür plötzlich aufging und er wieder raus durfte.

Armer Onkel Sami! Er schlang das Essen so schnell runter, dass er alles wieder ausspuckte. Sein Magen war das viele Essen nicht mehr gewohnt.

„Im Gefängnis haben wir nur einmal am Tag was bekommen. Scheußliche Suppe mit irgendetwas Matschigem drin!“

Mit zitternder Hand nahm er seine Teetasse.

Wir saßen vor dem Haus. Onkel Sami konnte nicht schlafen.

Ich auch nicht.

„Na Jonny? Alles aufgeschrieben?“, fragte er. Ich gab ihm das Buch. Er las, und auf einmal weinte er dicke, runde Tränen und vermatschte die Stelle mit dem Planetenherz. Die Buchstaben wurden dick und wässrig und wurden zu Spinnen und Käfern.

„Das ist sehr, sehr schön und IA historisch!“, sagte er und lächelte.

Da bemerkte ich, dass die Sonnenstrahlen wieder in unser Land krochen.

Von unserem Dach sang ein Vogel.

Von drinnen rumpelte eine Stimme.

„*Yesplies*! Der Vogel der Klobigen Prinzessin. Wo, wo, wo? Hurraika, balleika!“

„Ein lustiger, kleiner Kerl, dein Freund Malik!“, grinste Onkel Sami.

Ich aber war aufgesprungen und hineingelaufen.

„Was sagst du da, Malik? Erzähl keinen Quatsch!“, zischte ich ihn an.

Aber Malik stand senkrecht auf seiner Decke und schrie so laut, dass meine Mutter und mein Vater sich ruckartig aufrichteten und die Augen öffneten.

„*Yesplies*! Der Millionenvogel ist wieder daaa!“

„Ah, da ist er ja wieder!“, rief Onkel Sami von draußen.

„Genau dieser Vogel hat vor meiner Gefängniszelle immer gesungen! Ich glaube, ohne seinen Gesang hätte ich aufgegeben."

Aufgegeben? Wie verwirrt der Onkel sein musste!

Ich trat zu ihm und schaute hoch. Ein schwarzer, kleiner Vogel saß da, der unglaublich gut singen konnte. Ich fixierte den Vogel und bemerkte, dass das Schwarz gar kein Schwarz war, sondern Dunkelblau. Kostbar schimmerndes Dunkelblau. Wie zwei winzige Vollmonde starrten gelbe Vogelaugen mich an.

„Doch, doch, den Vogel kenn ich!", sagte Onkel Sami nochmal.

Aber ich beachtete ihn nicht. Atemstillstand!

Es war der Schama!

Er hockte friedlich auf dem Dach und zwitscherte so schön, als wollte er einen Wettbewerb gewinnen. Jetzt hatte er sich so gedreht, dass ich den goldgelben Bauch sehen konnte.

„Danke, Vogel!", flüsterte Onkel Sami in seine Richtung.

Wie als Antwort sang der Vogel eine Melodie.

„Ich muss Aische holen!", flüsterte ich Onkel Sami zu.

Ich lief so schnell es ging über den Geheimgang in den Garten und klopfte an Aisches Fensterläden. Verschlafen schaute ihr Schopf heraus.

„Was ist los? N' bisschen früh, Jonny!" nuschelte sie.

„Der Schama!", sagte ich, mehr nicht.

Aische wurde auf einen Schlag hellwach. Und sprang aus dem Fenster. Sie joggte vor mir her. Blieb aber ein Haus vor meinem stehen.

„Ich höre ihn!", sagte sie. Und ihre Stimme klang ungewohnt frisch wie Wassergeglucker.

Leise gingen wir weiter. Vor unserem Haus, wo Onkel Sami mit rosa Sonnenstrahlen im Gesicht saß, drehte sich mein Planetenherz, und der Vogel flog auf. Dann sauste er herab, auf Aisches Schulter.

Während ich das schreibe, sitze ich auf der Tamarinde. Ich habe ein neues Buch. Weil Onkel Sami zurück ist. Ägypten ist voller Jubel. In jeder kleinen Straße wehen Fahnen, singen Kinder, und die Welt lacht. Aische versorgt eine kranke Katze. Malik spielt mit den Hunden. Sie tapsen an ihm herum, und er schnappt nach ihnen. Hinter ihm steht das Melonenmädchen und hält einen Teller.

„Wer will Melone?", ruft sie, und schon wird sie von den Hunden bestürmt.

Das alles ist historisch. Die größte Sache für mich ist aber, dass Onkel Sami wieder da ist. Ohne ihn wäre bei mir keine Ägyptenfreude zu finden.

Die Straßen sind wieder mit Autos verstopft. Jedes lebendige Wesen jubelt: Esel und Hühner natürlich auch. Mit einer Ausnahme: der Präsident. Er ist zurückgetreten, und Ägypten kriegt einen besseren, sagt Onkel Sami. Ägypten hat keinen Stubenarrest mehr.

Mein Onkel sitzt immer noch den ganzen Tag auf der Bank vor unserem Haus in einer Decke, und die Leute kommen vorbei und grüßen ihn. Bald muss er aber wieder nach Alexandria.

Der Schama wohnt jetzt in der Tamarinde. Aische hat durchgesetzt, dass sie ein Vogelzimmer im ersten Stock bekommt, in dem das Fenster immer auf ist.

Der Schama, der Sperling und andere Vogel-
gesellen fliegen da ein und aus.
Und wenn sie mal nicht da sind,
haben sie ihre Gründe.
Aische sieht dem Schama hinterher,
wie er die Krone
der Tamarinde besetzt.
Ein Lachen wie Wasser
springt dem Blick hinterher.

Für Gespräche, Tipps und wertvolle Infos im Entstehungsprozess des Buches danke ich Amir Shaheen, Ilona Werner und Nicole Goldstein. Vielen Dank auch an Bettina von der Way für ihr atmosphärisch dichtes Revolutionstagebuch, das mich sehr inspiriert hat. http://www.kairofamiliennetz.de/index.htm

Zu der Szene mit den gestohlenen Uniformen hat mich das 2011 erschienene „Tagebuch der arabische Revolution" von Karim al Ghawary inspiriert.

Wer mehr über Ägypten und die Revulution 2011 wissen möchte, findet hier Interessantes, speziell für Kinder: http://blog.zeit.de/kinderzeit/?s=revolution+ägypten

Quelle Liedzitate:
„Das Herz liebt alles Schöne: Die Lieder der Umm Kulthum", ausgewählt und übersetzt von Stefanie Gsell, Verlag Hans Schiler, Berlin 2004 (ISBN 3-89930-073-4)
(S. 7, 9)

Quelle „Gedankenbuch":
„Khalil Gibran, Sämtliche Werke", herausgegeben von Ursula und S. Yussuf Assaf, Patmos Verlag, Düsseldorf 2003 (ISBN 3-491-50701-4)
(S. 171, 187, 271)

Foto: Pierre Matgé, Tageblatt Luxemburg

Die Autorin

Andrea Karimé ist in Kassel mit dem Klang vieler Sprachen in einem deutschlibanesischen Haushalt aufgewachsen. Wörter und Geschichten faszinierten sie von Anfang an, und bereits als Kind schrieb sie begeistert und sammelte Wörter in vielen Sprachen. Es folgten Gedichte, Tagebücher und Reiseberichte im Jugendalter, aber auf die Idee Schriftstellerin zu werden, kam sie erst später. Zunächst studierte sie Kunst und Musikerziehung, arbeitete u. a. 12 Jahre an einer Leverkusener Grundschule. Andrea Karimé lebt in Köln, seit 2007 als freie Autorin, Geschichtenerzählerin und Poesiepädagogin. Für ihre Kinderbücher erhielt sie viele Auszeichnungen, unter anderem den österreichischen Kinder- und Jugendbuchpreis 2012 und das Istanbul-Stipendium der Stadt Köln. In Kairo hat sie fünf Monate gelebt und gearbeitet.
Im DIX Verlag bereits erschienen: „Mu, Wolken und Schlangenglück“. Die Geschichte um „Jonny Himmelblau“ ist zweibändig.

www.andreakarime.de

Foto: Alexander Markus Lembke

Die Illustratorin

Nach einem Architekturstudium und einem Jahr Städtebau in Shanghai studierte Franziska Walther Visuelle Kommunikation an der Bauhaus-Universität Weimar. Seit 2006 arbeitet sie interdisziplinär als freie Grafikdesignerin und Illustratorin. 2010 gründete sie die Plattform SEHEN IST GOLD® – ein experimentelles Ideenlabor für gute Gestaltung. Derzeit promoviert sie im Ph.D. Programm Kunst und Design der BUW zum Thema »Illustrierte Belletristik«.

Für ihre Arbeiten im Bereich Illustration und Buchgestaltung erhielt sie zahlreiche nationale und internationale Auszeichnungen, unter anderem den Joseph-Binder-Award 2012 in Gold für das Buch »Peter Schlemihls wundersame Geschichte«.

Eine Vielzahl aktueller Kinderbücher hat Franziska Walther bisher illustriert. Im DIX Verlag u. a. die Bogumil-Bände von Simak Büchel.

www.sehenistgold.de

Band 1

JONNY HIMMELBLAU

UND DAS GEHEIMNIS VON SCHWEIGER

Junis - genannt Jonny Himmelblau, weil er das Blaue vom Himmel redet - ist der Sohn eines fahrenden Zitronenhändlers in Kairo. Eines Tages merkt er, dass sein bester Freund Schweiger ihm etwas verheimlicht. Und als Schweiger kurze Zeit später spurlos verschwindet, zögert Jonny keinen Augenblick. Er begibt sich auf eine abenteuerliche, nicht ungefährliche Suche durch das nächtliche Kairo im Milieu der Straßenkinder. Als er schließlich das Geheimnis seines Freundes aufdeckt, weiß er nicht, ob er noch Schweigers Freund bleiben kann.

Mit Bildern von Franziska Walther

192 Seiten

ISBN 978-3-941651-69-2

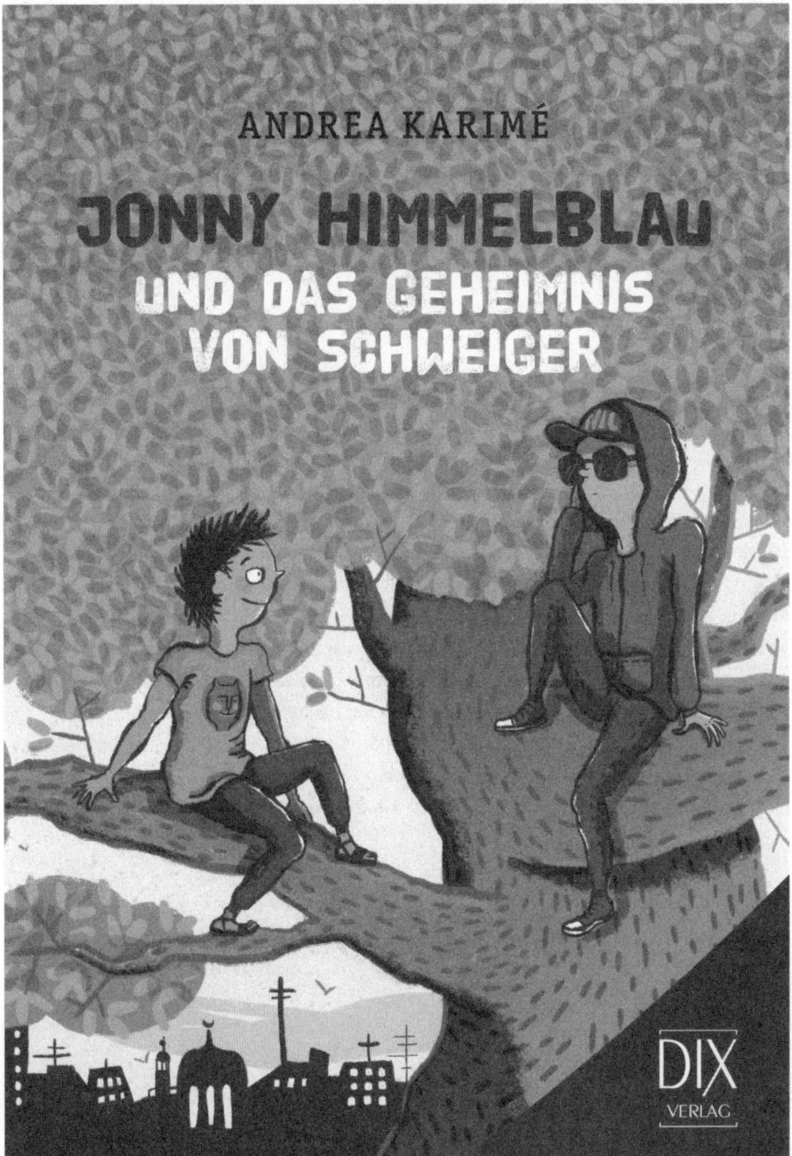
ANDREA KARIMÉ
JONNY HIMMELBLAU
UND DAS GEHEIMNIS VON SCHWEIGER
DIX VERLAG

Susanne Apitz-Tregl

Weltreise Ägypten

Das Geheimnis der schwarzen Katze

Ohne Eltern nach Ägypten! Melina und Bastian besuchen ihren Großvater Hosny, der ihnen sein Land zeigen will. Schon Tage vor der Abfahrt sieht Melli immer wieder eine geheimnisvolle schwarze Katze, nicht ahnend, dass genau diese sie in Kairo dann bereits mit einem wichtigen Auftrag erwartet. Schon am ersten Abend dort sehen die Kinder sie wieder und belauschen im Restaurant drei merkwürdige Männer. Als sie am nächsten Tag auf dem Markt den Ägypterjungen Abdullah und seine Schwester Amira kennenlernen, rutschen sie immer tiefer in die Machenschaften von Kunsträubern. Sie müssen den Großvater um Hilfe bitten, so sehr geraten sie in Bedrängnis.

Illustriert von Miriam Bröllos
224 Seiten (ab 8)
ISBN 978-3-941651-75-3

DIX
VERLAG

Jana Steingäßer

Weltreise Australien

Paula und die Wüstenflamme

Eigentlich wollte Paula in ihren Weihnachtsferien gar nicht nach Australien. Mit Händen und Füßen hat sie sich gegen diese Reise gesträubt. Und dort angekommen wird zunächst auch alles schlimmer als geahnt. Ihre Mutter vertritt sich den Fuß, muss ins Krankenhaus und will, dass ihre Tochter dennoch etwas vom Land zu sehen bekommt. Und so verschlägt es Paula ausgerechnet zu Tante Sim ins australische Outback – völlig ab von allem. Als bald schon ein Zeitungsartikel über die verschwundene „Wüstenflamme von Andamooka" auftaucht, beginnt eine Verfolgungs- und Rätseljagd quer durch Australien. Paula erlebt mit ungewöhnlichen Menschen und an wundersamen Orten die spannendsten Wochen ihres Lebens.

Illustriert von Betie Pankoke
224 Seiten (ab 8)
ISBN 978-3-941651-78-4

DIX VERLAG

Silvia Kettelhut

Blaue Stunde auf der Pfaueninsel

MuseumsMeute Berlin

Kjell lebt mit seinen Eltern in einem Schloss auf der Pfaueninsel. Sein Vater ist dort Verwalter und Kjell kennt jeden Winkel. An einem verregneten Nachmittag, der keinen Besucher auf die Insel lockt, findet Kjell ein vergilbtes Stück Papier mit einer geheimnisvollen Nachricht. Zusammen mit seinem besten Freund Kim und dessen Schwester Maja hält er Kriegsrat. Ganz klar, eine Räuberbande nutzt das Schloss zum Austausch von Nachrichten. Doch wie alt ist der Zettel? Liegt der Raub in der Vergangenheit oder Zukunft? Sie müssen unbedingt mehr herausfinden. Und schon stoßen sie auf eine weitere Botschaft – und noch eine und ... Immer wieder führt sie die Jagd in Berliner Museen.

Illustriert von Sabine Rixen
224 Seiten (ab 9)
ISBN 978-3-941651-91-3

DIX VERLAG

Antje Leser

Unterm Gras

MuseumsMeute Amsterdam

Finja und ihre Mutter reisen nach Amsterdam, wo sie bei Freunden auf deren Hausboot wohnen können. Und auch wenn Finja eigentlich keine Lust hat, mit dem gleichaltrigen Joris, dem Sohn der Gastfamilie, ihre Zeit zu verbringen, willigt sie dennoch ein, dass er ihr die Stadt zeigt. Anfangs sieht alles nach Urlaub aus, aber dann findet Joris ein Handy, auf dem merkwürdige SMS ankommen. Alles deutet auf einen Kunstraub hin. Zunächst glauben Finja und Joris, den Ganoven das Handwerk legen zu können, später wissen sie nicht, wer von den Erwachsenen in den Fall verwickelt ist und vor allem ahnen sie nicht, in welch gefährliche Sache sie da reingeraten ...

Illustriert von Sabine Rixen
224 Seiten (ab 9)
ISBN 978-3-941651-92-0

DIX
VERLAG

Simak Büchel
und seine Bogumil-Trilogie:

viel Spannung, viel Witz, allergrößtes Lesevergnügen

für Jungen und Mädchen ab 10

„Bis der Leser Bogumils wahre Absichten erkennt, durchlebt er gemeinsam mit den Fistels eine wunderbare, unheimliche, skurrile Geschichte, in der ein unglaubliches Abenteuer nach dem anderen folgt. Mal stockt dem Leser fast der Atem, mal sorgt die dialogreiche Sprache für Lebendigkeit. Der mitreißende Lesestil ist einfach zum Abtauchen, Mitfiebern und Genießen.“
(AJuM)

Im Auftrag von Bogumil: Ein geheimnisvolles Päckchen

Tammo Fistel ist ein Pechvogel. Seine Kameraden hänseln ihn und dann hat er auch noch seit 138 Tagen Schluckauf ... Die Sommerferien stehen vor der Tür und Familie Fistel wird von einem Kurier aufgesucht. Ein unscheinbares Päckchen sollen sie heimlich nach Schweden bringen – und in dieser Nacht muss es losgehen! Sie ahnen nicht, welche Abenteuer auf sie warten.

ISBN 978-3-941651-51-7

[Band 1]

Im Auftrag von Bogumil: Das verschollene Vermächtnis

Tammo Fistel, seine Mutter und Schwester sind gerade von einem geheimen Botengang zurück. Bogumil, ihr rätselhafter Auftraggeber scheint auf der Suche nach etwas zu sein, das ungewöhnlich machtvoll ist: einem Weltenkeim. Jetzt schickt er seine Boten über sämtliche Kontinente. Und nun jagt auch Familie Fistel einem verschollenen Vermächtnis nach. Bis nach Paraguay verschlägt es Tammo bei dieser zweiten Mission im Auftrag von Bogumil!

ISBN 978-3-941651-67-8

Im Auftrag von Bogumil: Geflügelte Schatten

Die dritte Mission im Auftrag von Bogumil hält Tammo Fistel und seine Schwester in Paraguay fest. Ein Abenteuer der Extreme erwartet sie in der südamerikanischen Wildnis: Dort sollen die Boten nun endlich die geflügelten Schatten finden. Und den Weltkeim, dem Bogumils ganze Machenschaften gelten. Die Pferde sind bereits gesattelt, der Berg der Schatten ruft! Doch je näher sie dessen Steilhängen kommen, desto deutlicher spürt Tammo, dass sie sich in fürchterliche Gefahr begeben. Denn wie hieß es seinerzeit in der dunklen Prophezeiung? „Mit dem letzten Rätsel endet die Welt!“

ISBN 978-3-941651-68-5

DIX
VERLAG

Leseproben zu allen

DIX Büchern unter

www.dix-verlag.de